후한 말 삼국지 배경 시기의 13개 주 지도

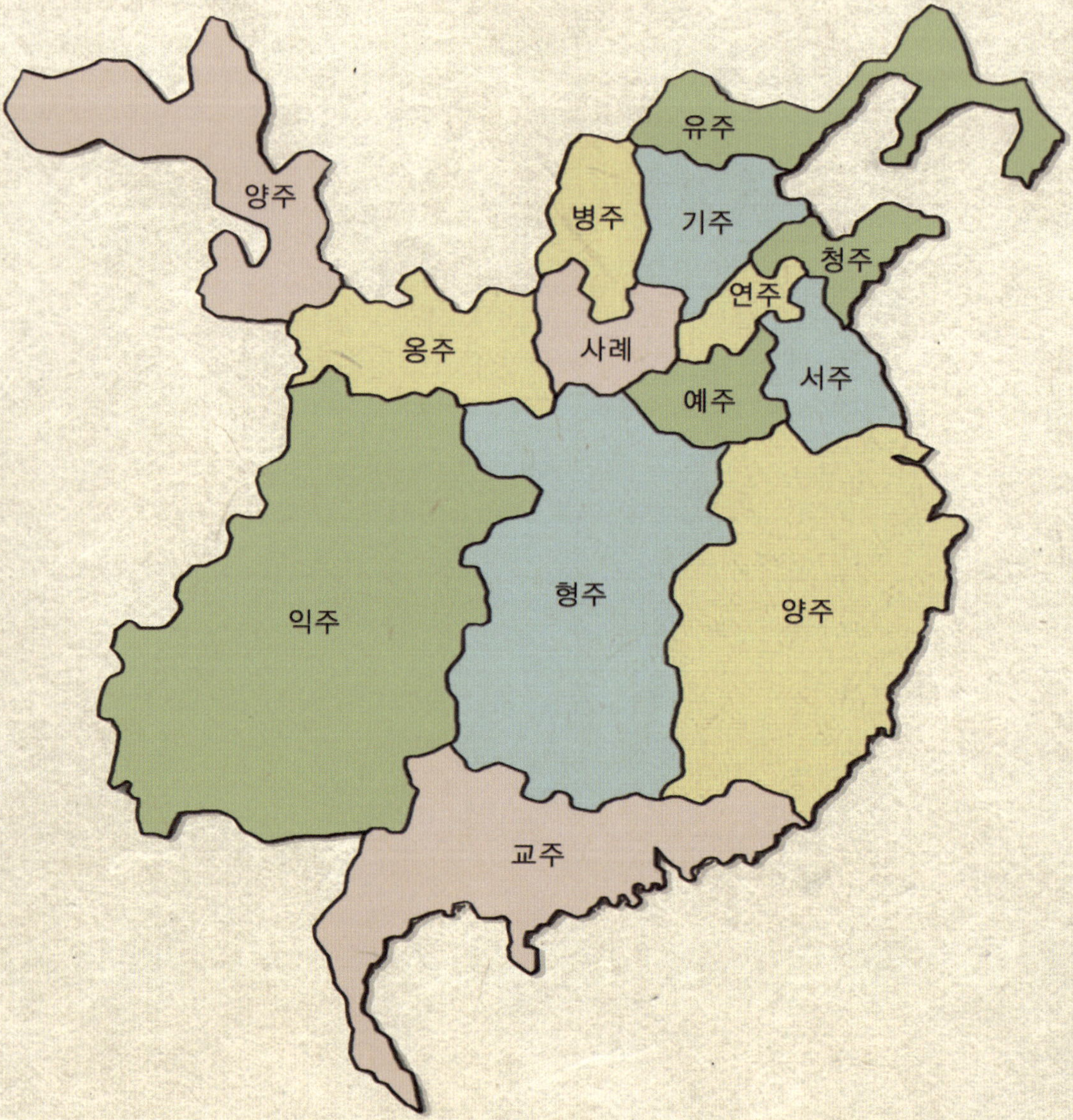

양주

유주

병주

기주

청주

연주

옹주

사례

서주

예주

익주

형주

양주

교주

공손도

공손찬

장연 원소

공융

마등
한수

장양 여포

이각 유비

장로 조조

장수 유요 엄백호

원술 유요

유장 유표 손책 왕랑

후한 말 군웅할거시대의 세력도(2세기 말)

동탁의 죽음 이후 각지에 난립하던 군웅의 세력도
다. 손책은 아버지 손견이 죽은 뒤에 원술 밑으로
들어갔다가 독립히여 지신의 세력을 얻고, 파숙지
세로 주변의 성을 정복해 나간다.
동탁이 죽은 뒤에 조조는 청주의 황건적 토벌을
위해 출진하여 보다 많은 병력을 얻게 되고, 조조
는 아버지를 맞아들이려 한다. 그러나 도중에 아
버지가 도겸의 부하인 장개에게 살해당하고 이에

화가 난 조조는 서주의 도겸을 토벌하기 위해 군
사를 일으킨다. 그때 조조는 백성까지 모두 살해
하며, 도겸은 유비에게 서주를 양도하게 된다.
그 틈을 타 여포가 조조의 세력권 안에서 반란을
일으키나 진압당하고 유비에게 가서 소패를 얻는
다. 또한 황제는 이각, 곽사에게서 달아나 조조가
황제를 받들게 된다.

🐀 일러두기

1. 이 책은 나관중이 쓴 《삼국지연의》와 요시카와 에이지가 평역한 《삼국지》를 동화
   작가 홍종의 선생님이 새롭게 엮은 것입니다.
2. 이 책에 나오는 삽화와 지도는 내용에 맞게 새롭게 제작한 것입니다.
3. 전한은 기원전 202년에 유방이 세운 나라입니다. 기원후 8년 왕망이 스스로 신新
   의 황제로 칭하기 전까지의 기간에 해당합니다. 기원후 25년에 유수가 한漢 왕조를
   부흥시키며 후한으로 이어지는데, 이 책의 배경이 후한 말입니다.

처음 읽는 삼국지

⑤ 천하 통일
: 마침내 하나가 된 천하

나관중 원작 | 홍종의 엮음 | 김상진 그림

하늘을 나는교실

넓은 세상을
가슴으로 품자

《삼국지연의》는 《수호지》 《서유기》 《금병매》와 더불어 중국의 4대 기서로 불린다. 기서란 기이한 책이지만 그만큼 내용이 좋다는 뜻도 담겨 있다. 그러므로 《삼국지연의》 즉, 《삼국지》는 오늘날까지 읽히고 또 앞으로도 읽힐 책이다. 내가 《삼국지》를 처음 읽은 것은 중학교 때였을 거다. 그때는 어른이 읽는 책 그대로 꼬박 몇 달에 걸쳐 읽었다. 생각해 보니 어린이나 청소년이 읽을 수 있도록 쉽게 풀어 쓴 《삼국지》가 없었던 것 같다.

나는 책을 읽으면서 낯선 지명, 이름, 어려운 낱말 때문에 하루에 몇 페이지를 넘길 수 없었다.

비록 어렵고 힘든 책이었지만 읽을수록 재미와 흥미가 더해 책을 놓을 수 없었다. 《삼국지》에는 재미와 흥미보다 더 많은 지혜가 담겨 있다는 사실을 안 것은 어른이 되고 나서였다.

1800년 전 과거, 중국은 '후한 시대'로 불렸다. 후한은 한나라의 후손인 광무제가 나라를 되찾은 때부터 한나라가 망할 때까지를 일컫는다.

후한 말기 무렵이 되면서 황제가 자주 바뀌고 정치와 경제가 어지러워진다. 11대 황제인 환제가 세상을 떠난 뒤 12대 황제인 영제가 황제의 자리에 올랐다. 하지만 영제는 열두 살밖에 되지 않은 어린아이였다. 그러다 보니 신하들이 어린 황제를 속이며 부패를 일삼았다. 그 틈을 타 황건적이라는 도적 떼가 활개를 치며 백성을 괴롭혔다.

《삼국지》의 시대적 배경은 여기서부터 시작된다. 어지러운 세상을 바로잡으려고 굳게 뭉친 유비, 관우, 장비 세 영웅이 주인공으로 등장한다. 결국 드넓은 중국 대륙은 위나라 촉나라 오나라로 나뉘게 된다. 《삼국지》는 각 나라의 영웅이 각자의 세상을 꿈꾸며 다툼과 화해를 통해 어지러운 세상에 정면으로 맞서는 이야기다.

요즘에는 만화나 영화 또는 게임으로 쉽게 《삼국지》를 만날 수 있다. 그러나 그것들은 《삼국지》의 아주 작은 일부일 뿐이다. 그렇다고 여러분에게 어른이 읽는 어렵고 분량 많은 《삼국지》를 읽어 보라고 권할 수도 없다.

그래서 나는 아쉽고 힘들었던 기억을 떠올려 이번에 어린이가 쉽게 읽을 수 있는 《삼국지》를 엮어 내기로 했다. 《삼국지》 이야기를 새로 엮으면서 나 또한 다시 《삼국지》의 매력에 흠뻑 빠졌다.

《삼국지》를 다 읽고 나면 여러분은 더 넓은 세상을 가슴으로 품을 것이다. 아무리 어려운 일이 있다 해도 스스로 이겨 내고 용기를 가질 힘이 생길 것이다.

동화 작가 홍종의

주요 등장 인물

【 유비 】

한나라 황제의 먼 친척으로 가난과 어려움을 딛고 촉나라의 왕이 되는 인물. 복숭아꽃 핀 마당에서 관우, 장비와 의형제를 맺어 평생 깊이 사귀었으며, 숨어 있던 인재 제갈량을 세 번이나 찾아가 맞이한 일화가 유명하다.

【 관우 】

유비 의형제 중 둘째로 예를 잘 지키고 무슨 일이 있어도 유비에게 의리를 지키려고 하는 충신이다. 그를 무척 탐낸 조조가 온갖 연회와 선물을 베풀어 자기 부하로 삼으려 했으나 끝내 거절하고 유비의 곁으로 돌아갔다는 이야기는 유명하다. 청룡도라는 무기를 즐겨 썼다.

【 장비 】

유비 의형제 중 막내. 용맹한 장수로서 배짱도 있어 적은 병사를 이끌고 장판교 위에서 조조의 대군을 물리친 적도 있다. 보기와 달리 꾀를 써서 적을 속일 만큼 전략가로서도 훌륭했다. 무기로 장팔사모를 즐겨 썼다.

【 조조 】

죽을 때까지 후한의 신하로 남았으나 사실상 황제나 다름없는 권세를 누렸다. 상황 판단이 빠르고 휘하에 뛰어난 장수와 참모가 많다. 여포, 원소 같은 호걸을 물리치고 어지러운 한나라에서 가장 먼저 세력을 키운다.

등장 인물

【화타】

후한 말의 전설적인 명의. 관우가 독화살을 맞아 목숨이 위험해졌을 때 화타가 나타나 치료했다. 조조가 죽기 전에도 화타를 불렀으나 조조의 의심을 사 처형당한다.

【여몽】

오나라의 장수. 힘이 세고 용맹했으나 무식한 것으로 유명했다. 손권이 학문을 닦을 것을 권유하자 열심히 공부해 '괄목상대'라는 유명한 고사성어의 주인공이 되었다.

【육손】

오나라의 호족이자 무장. 여몽을 도와 관우를 사로잡는 데 공을 세웠다. 이후 여몽의 뒤를 이어 오의 대도독이 되었고 촉과의 전쟁에서 큰 승리를 거둔다.

【화흠】

위나라의 정치가. 숨어 있던 복 황후를 끌어내고, 조조가 위 왕의 자리에 오르도록 힘썼으며, 헌제를 협박해 조비에게 황제 자리를 물려주도록 한다.

【범강】

장비가 관우의 죽음을 기려 흰 깃발, 흰 갑옷을 입고 오나라를 정복하겠다며 범강과 장달에게 3일 안으로 상복을 마련하라는 명을 내렸다. 반대하던 범강과 장달은 부하 앞에서 매를 맞았고, 그 원한을 잊지 못해 장비를 실해하고 오니리로 도망쳐 항복한다.

【장포】

장비의 장남. 유비가 오를 공격할 때 선봉을 맡겠다며 관우의 아들인 관흥과 다투었으나 화해하고 친하게 지냈다.

【관흥】

관우의 아들. 관우가 오나라와의 싸움에서 패배하고 죽자 원수를 갚기 위해 유비, 장포와 함께 전장에 나간다.

【조진】

위나라의 장수. 조조의 조카로 훌륭한 무장이었으나 여러 번 제갈량의 꾀에 말려들었다. 나중에는 공격보다 수비를 중시해 촉이 지쳐 먼저 물러나게 만들기도 했다.

【맹획】

남만의 왕. 제갈량과 일곱 번 싸워 일곱 번 붙잡혔으나 그때마다 풀려났다. 마지막에는 포로로 잡혀도 죽이지 않는 제갈량의 은혜에 감탄해 진심으로 항복하였다.

【관색】

관우의 아들, 관흥의 동생이다. 제갈량이 남만을 정벌할 때 나타난다.

【마속】

마량의 동생. 제갈량이 몹시 아꼈으나 유비는 재능이 부족하다고 생각해 경계했다. 결국 제갈량의 충고를 무시했다가 전투에서 크게 패해 처형당한다

【축융 부인】
남만의 왕 맹획의 아내. 용맹하고 칼을 잘
던져 군사 5만을 이끌고 촉군과 싸운다.

【조예】
조비의 장남으로 조비의 뒤를 이어 위나라
의 두 번째 황제가 된다. 사마의에게 군대
를 맡겨 제갈량이 이끄는 촉군을 잘 막아
낸다.

【강유】
촉나라의 마지막 사령관으로 제갈량이 죽고
난 다음 촉나라를 이끌었다. 원래 위나라
사람이었는데 제갈량이 강유의 현명함을 알
고 꾀를 써서 촉에 항복하게 만들었다.

【사마사】
사마의의 맏아들. 사마의와 동생인 사마소
와 함께 제갈량이 이끄는 촉군에 맞섰다.
호로곡에서 불타 죽을 뻔했으나 간신히 살
아나고 이후 위나라를 좌지우지한다.

【사마소】
사마의의 둘째 아들로 사마사의 동생이며
진나라를 세운 사마염의 아버지다. 아버지
와 형이 차례로 세상을 떠나면서 관직을
물려받아 위나라의 최고 권력가가 된다.

【사마염】
사마소의 맏아들로 위나라를 무너뜨리고
진나라를 세워 첫 황제가 된다.

🐒 차례

【지난 이야기】

유비는 촉으로 들어간 뒤 한중 왕에 오릅니다. 중국은 위, 촉, 오 세 나라
로 나뉘고 세 나라 사이의 싸움은 더욱 치열해지는데…….

관우의 최후

관우의 군대는 위의 칠군을 격파한 뒤 좀체 움직이지 않았다. 번성 점령을 눈앞에 두고 있었지만 관우의 건강이 좋지 않았다.

"관우 대장군께서 내일 새벽녘에 출정해 번성을 점령한다 하십니다. 장군께서도 직접 출정하신다고 하니 만반의 준비를 하라 명하셨습니다."

"뭐라? 직접 출정까지 하신다고?"

관평과 부하들은 깜짝 놀라 관우에게로 몰려갔다.

"장군, 아직 건강이 회복되지 않았으니 좀 더 쉬시는 게 어떨까 싶습니다."

"하하하, 내 팔의 상처 때문인가? 너무 걱정하지 말라. 내가 어찌 이 정도 상처에 쓰러지겠는가. 내일은 서봉에 서서 번성을 공격할 것이네."

"장군의 말씀을 들으니 저희도 안심이 됩니다만 병을 이기는 영웅은 없습니다."

"내 목숨은 이미 촉에 바쳤네. 번성을 점령하지 못하고 형주로 돌아갈 수는 없네. 화살 한 발 맞은 상처로 무슨 일이 있겠는가."

관평과 부하들은 더는 아무 말도 하지 못하고 물러났다.

그날 밤, 관우는 다시 열이 나 밤새 괴로워했다. 어쩔 수 없이 출정은 연기되었다. 관평은 사방으로 사람을 보내 유명한 의원을 찾았다. 그런데 그때 떠돌이 의원 화타가 작은 배를 타고 찾아왔다.

"천하의 영웅호걸이 독화살을 맞았다는 이야기를 듣고 멀리서 달려왔습니다."

"아! 그럼 어서 아버지의 상처를 봐 주십시오."

관평의 말에 화타는 관우의 옷소매를 걷어 올리고 상처를 살폈다. 상처 부위는 새빨갛게 부풀어 있었다. 화타가 한숨을 쉬었다.

"화살촉에 독이 발라져 있었는데 그 맹독이 이미 뼛속까지 스며들었습니다. 이대로 두었다가는 한쪽 팔을 쓸 수 없게 될 것입니다."

관우는 그제야 화타의 얼굴을 돌아보았다.

"지금이라도 치료할 방법이 있는가?"

"있기는 합니다만 단지 장군께서 두려워하지 않으실까 걱정됩니다."

"하하하, 죽음도 두려워하지 않는 대장부가 어찌 의원의 말을 두려워하겠는가. 그대 마음대로 치료해 주시게."

화타는 약주머니 속에서 철로 된 고리 두 개를 꺼내 하나는 기둥에 박고 또 하나는 관우의 팔에 걸고서 밧줄로 묶을 준비를 했다.

"날카로운 칼로 살을 찢고 팔의 뼈를 드러내서 독으로 썩은 부위와 변색된 뼈를 깨끗하게 깎아 낼 것입니다. 이 수술을 받다 정신을 잃지 않은 사람이 없었습니다. 아무리 장군이라 해도 분명 고통을 참지 못하고 괴로워할 것이 틀림없습니다. 그러니 움직이지 않도록 잠시 이렇게 묶어 두려는 것입니다."

"나는 그 어떤 고통도 참을 수 있으니 묶지 말고 그냥 치료를 하시게."

화타가 상처를 가르자 밑에 받친 은쟁반에 피가 흘러넘쳤다. 화타의 두 손과 칼도 모두 피투성이가 되었다. 이윽고 화타는 팔의 뼈를 날카로운 칼로 으드득으드득 깎아 냈다.

주위에 있던 관평과 부하들의 얼굴이 새파래졌다. 하지만 관우는 아무렇지도 않은 듯 태연했다. 마침내 화타는 관우의 상처를 술로 씻어 내고 실로 꿰맨 뒤 수술을 끝냈다. 화타의 이마에는 굵은 땀방울이 맺혀 있었다.

다음 날 화타가 관우의 상태를 보러 왔다.

"장군, 어젯밤은 어떠하셨습니까?"

"푹 자고 나니 통증이 사라졌소. 선생은 실로 천하의 명의구려."

"저도 여태까지 많은 환자를 만나 왔지만 장군 같은 환자를 만난 적이 없습니다. 장군은 실로 천하의 명환자이십니다."

"하하하, 명의와 명환자라. 그러니 어찌 병이 우리를 이길 수 있겠소."

"장군, 앞으로 절대 화를 내지 마셔야 합니다."

화타는 그렇게 말하고 작은 배를 타고 사라졌다.

그 무렵 위 왕궁에서는 칠군이 전멸했다는 소식을 듣고 긴박하게 회의가 열렸다.

"이번 대패는 위군이 약해서가 아니라 관우가 홍수를 자신의 편으로 만들었기 때문입니다. 지금 오를 설득하여 관우를 공격하라 하면 손권은 반드시 수락할 것입니다."

사마의의 말에 조조는 오에 사자를 보냈고, 서황의 군대를 급히 양릉파로 보냈다. 서황의 군대는 오가 조조의 뜻을 받아들이면 곧바로 관우의 군대를 치기 위해 준비하고 있었다.

한편 오는 위가 딴 곳에 정신이 팔려 있을 때 서주를 빼앗을 계획을 세우고 있었다. 그런 상황에서 조조의 제안은 오에 득이 되었다.

"지금은 형주를 취하여 장강을 차지하고, 그곳을 촉과 위의 침략에 대비한 국경으로 삼아야 합니다. 장강의 험한 곳을 경계로 삼고 힘을 기르면 서주는 언제라도 빼앗을 수 있습니다."

오의 명장인 여몽의 말에 손권은 조조의 뜻을 받아들이기로 결심했다. 여몽은 원래 무술이 뛰어나지만 학문에는 약한 자였다. 어느 날, 손권에게 창피를 당하자 열심히 학문을 익혔다. 뒷날 노숙이 만나 이야기를 나눠 보니 여몽의 학문이 높아져 크게 놀란 일이 있었다.

여몽은 형주로 염탐꾼을 보내 곳곳에 봉화대가 설치된 것을 알아냈다. 오와의 경계에 이상이 생기면 봉화대를 통해 형주에 있는 본성까지 연락하게 되어 있었던 것이다. 또한 방어망도 잘 갖추어져

물 샐 틈이 없었다.

그 사실을 알게 된 여몽은 갑자기 병을 핑계로 방 안에 틀어박혔다. 하지만 그것은 관우를 방심하게 만들 여몽의 계책이었다. 관우의 마음이 풀어지고 관우가 번성 공격에 힘을 쓸 때 형주를 공격할 생각이었다.

"육구는 우리에게 중요한 곳인데 대체 누구를 보내 지키게 하면 좋겠소?"

"육손이 좋을 듯합니다. 오히려 유능하고 이름 있는 자가 맡으면 관우를 속일 수 없습니다."

손권과 여몽 사이에 이야기가 오간 뒤 얼마 지나지 않아 육손은 육구로 발령이 났다.

육손은 사자를 보내 관우에게 발령 사실을 알리고 예물을 바쳤다.

'여몽이 병이 나더니 어린아이 같은 자에게 육구를 지키게 하는구나. 아, 드디어 때가 온 것인가. 이제 형주의 수비는 한시름 놓겠구나.'

관우는 속으로 기뻐했다.

그 뒤 육손은 일부러 일을 게을리하고 오로지 관우의 상태만을 엿보았다.

이윽고 관우는 상처가 다 낫자 번성을 차지하려고 군대를 움직였다. 육손은 이를 곧바로 여몽에게 보고했고, 여몽은 대군을 이끌고 강을 거슬러 올라갔다. 그중 배 십여 척에는 상인으로 변장한 장병들이 타고 있었다. 그런데 며칠 뒤 그 배는 너무 쉽게 형주의 수비병들에게 붙잡히고 말았다.

"저희는 북쪽 특산물을 남쪽의 물자와 교환하여 다시 북으로 가는 중이었습니다. 부디 널리 이해해 주시고 오늘 밤만 이곳에 머물도록 허락해 주십시오."

그들은 배에서 가져온 술과 음식을 수비 대장에게 건넸다.

"흠, 이번만 눈감아 줄 테니, 날이 새면 곧바로 떠나거라."

수비 대장과 부하들이 술을 마시고 취하자 봉화대 쪽에서 함성 소리가 들렸다.

"앗, 적이다."

형주의 수비병들은 모두 어안이 벙벙한 얼굴로 사로잡혔다. 여몽이 항복한 병사에게 금품을 건네며 말했다.

"다음 봉화대를 지키고 있는 수비 대장을 설득하라. 만약 성공하면 큰 상을 내리겠다."

여몽의 계책은 성공했다. 관우가 온 힘을 기울여 준비한 봉화대는 아무 소용이 없었다. 여몽의 대군은 조금씩 형주로 다가갔다. 여몽은 항복한 병사들을 형주성으로 보내 성문을 열게 했다. 그렇게 여몽은 단숨에 형주성을 손에 넣을 수 있었다. 관우는 번성에만 신경 쓰다 손도 쓰지 못하고 형주성을 빼앗긴 꼴이 되었다.

드디어 조조는 위의 대군을 이끌고 낙양의 남쪽으로 나아갔다. 앞서 나가 있던 서황의 군대도 공격에 들어갔다.

"양릉파에 있던 서황의 군대가 갑자기 움직이기 시작했습니다."

관평은 서둘러 병사들을 이끌고 달려 나갔다.

"관평 너는 형주가 이미 오의 손아귀에 들어간 것을 모르는 모양이구나. 집 없는 패장의 자식이 싸움터에서 갈팡질팡하고 있구나."

서황의 말에 관평은 서황을 뒤로하고 급히 물러났다. 성으로 돌아오자 아군 병사들이 불길 속에서 개미 떼처럼 도망치며 소리쳤다.

"서황의 군대가 성 뒤편에서 나타나 공격했습니다."

"적의 계략에 속았구나."

관평은 어쩔 수 없이 번성으로 내달려 관우에게 소식을 전했다.

"육손은 아직 어리기도 하고 형주에는 봉화대가 있어 안전하다. 그런데 어찌 적의 거짓 소문에 속아 넘어가려 하느냐."

관우는 눈 하나 깜짝하지 않았다.

하지만 조조와 서황의 군대는 빠르게 움직였다. 위의 대군은 산과 들을 뒤덮으며 점점 더 가까이 관우의 진영으로 다가왔다. 얼마 뒤 위의 군대가 공격을 퍼붓자 관우의 군대는 양강 상류를 향해 달아났다.

관우의 군대는 간신히 강을 건너 양양으로 들어갔다. 그곳에서 관우는 남은 아군의 수를 헤아려 보고 눈물을 흘렸다. 관우는 형주가 함락되었다는 말이 거짓이 아니라는 것을 알고 더 큰 충격에 빠졌다. 관우는 오의 대장인 여몽에게 가족이 사로잡혔다는 얘기를 듣고는 탄식하며 하늘만 올려다보았다.

"내가 잘못하여 간사한 무리의 속임수에 넘어가고 말았구나. 이제 무슨 면목으로 살아서 형님을 뵐 수 있으리……."

이로써 오는 큰 숙원 중 하나를 이루었다. 유표가 죽은 뒤 오랫동안 바라던 형주를 손안에 넣은 것이다. 손권의 기세는 하늘을 찌를 듯 높아졌다.

형주를 차지한 여몽은 직접 백성의 생활을 살폈다. 또한 형주성에 있던 관우의 가족을 정중하게 다른 거처로 옮겨 보호했다. 그렇다 보니 백성들은 하나같이 여몽을 칭찬했다.

그 이야기를 들은 관우는 긴 한숨을 내쉬었다.

"아, 지금 생각하니 모든 것이 여몽이 의도한 것이었다. 형주 백성들의 마음을 그렇게까지 얻다니 여몽은 참으로 무서운 인물이다."

관우는 아무 말도 하지 못했다. 그의 눈가에는 눈물이 맺혀 있었다. 이제 더는 그곳에 머무를 수 없었다. 관우는 차라리 형주로 가 여몽과 맞서고자 했다.

그런데 밤이 새고 보니 병사들 대부분이 도망치고 없었다.

"떠날 자는 떠나라. 나 혼자라도 형주로 갈 것이다."

관우는 형주로 가는 도중 오의 군대에게 또다시 공격을 받았다.

"백만의 적인들 무서우랴."

관우는 평소와 다름없이 용감하게 싸웠다. 하지만 밤하늘에 달이 떠오를 무렵, 메아리치는 사람들의 소리를 듣고는 천하의 관우도 마침내 싸울 힘을 잃고 말았다. 부모와 자식, 남편과 아내가 서로를 부르는 목소리가 바람을 타고 들려왔다. 여기저기서 관우의 병사들은 백기를 흔들며 형주 방향으로 달려갔다.

"아아, 이것도 여몽의 계책인가!"

관우는 멍하니 달을 바라보며 서 있었다. 그러자 관평이 간신히 적의 포위망을 뚫고 관우를 데리고 맥성으로 향했다. 맥성은 그저 이름만 남아 있는 오래된 성에 지나지 않았다. 오랫동안 아무도 살지 않아 성벽과 담장도 무너져 있었다. 관우는 부하를 시켜 상용성에 있는 유비의 양자 유봉에게 도움을 청했지만 유봉은 군대를 지원하지 않았다.

부하에게 유봉의 뜻을 전해 들은 관우는 한숨을 내쉬었다.

"그저 마지막까지 지키는 수밖에 없다."

그때 오의 참모이자 제갈량의 형인 제갈근이 관우를 찾아왔다.

"옛말에 명장은 때를 알고 움직인다 했습니다. 형주 아홉 군 중 남은 것은 맥성 하나뿐이니 대세는 이미 기울어졌습니다. 게다가 식량도 떨어지고 지원군도 오지 않는 이상 아무리 장군이 지조를 지키신다 한들 무슨 소용이 있겠습니까. 주공께서 정중하게 장군을 모셔 오라 하였으니 저와 함께 오로 가시지요."

관우는 쓴웃음을 지었다.

"오의 주공께서는 참으로 사람을 보는 눈이 없소이다. 옥은 깨질지언정 그 빛은 잃지 않소이다. 오늘 성을 나가 손권과 겨룰 것이니 돌아가서 그렇게 전하시오."

"어찌 장군은 스스로 죽음을 재촉하십니까?"

"입 다물라!"

순간 관평이 소리치며 달려와 제갈근을 덮치려고 했다. 관우가 호통을 치며 질책했다.

"멈춰라, 군사의 형님이시다. 보내 드려라."

관우는 제갈근을 성 밖으로 내보내고는 다시 아무 말 없이 두 눈을 감았다.

얼마 뒤 제갈근은 오로 돌아가 손권에게 보고했다.

"관우의 마음은 철석같아서 움직이지 않을 듯합니다."

곁에 있던 여몽이 덧붙였다.

"관우는 지금쯤 맥성에서 도망칠 준비를 하고 있을 것입니다. 분명 밤을 틈타 성의 북쪽에 있는 좁고 험한 산길로 갈 것입니다."

여몽은 부처님 손바닥 들여다보듯 말했다. 손권이 손뼉을 치며 좋아했다.

"그때 좁은 산길에 복병을 심어 놓은 뒤 관우를 사로잡으면 될 것이다."

손권의 말에 여몽이 대답했다.

"걱정하지 마십시오. 설사 관우에게 땅을 파고 하늘을 나는 기술이 있다 해도 절대 도망치지 못하도록 모든 준비를 해 놓았습니다."

여몽의 말에 손권은 흐뭇해했다.

그날 관우는 달이 없는 밤중을 틈타 맥성의 북쪽에 펼쳐진 험준한 봉우리를 넘기 시작했다. 산 하나를 넘고 또 산 하나를 넘자 서쪽으로 늪지가 펼쳐져 있었다. 그때 갑자기 늪지에서 무수한 불빛이 쏟아졌다.

"적병이다! 복병이다!"

화살이 소나기처럼 쏟아졌다. 마침내 관우는 말에서 떨어지고 말았다. 오의 충신 마충이 달려가 관우를 밧줄로 묶었다. 관평도

관우를 찾아 헤매다 반장에게 붙들렸다.

손권이 붙잡혀 온 관우를 바라보며 물었다.

"장군은 항상 천하에 자신의 적수가 없다 했는데 내게 사로잡히고 말았소이다. 이는 내게 항복하여 오를 섬기라는 하늘의 뜻일 것이오."

관우가 조용히 얼굴을 들고 자세를 바로잡으며 대답했다.

"유비 형님과 나는 복숭아나무 아래에서 천하를 바로 세우고자 맹세를 나눴다. 그 뒤로 수많은 싸움과 어려움을 헤쳐 오면서 서로를 의심하거나 배신하는 일은 꿈에서도 생각한 적이 없다. 그런 내가 어찌 역적 무리에게 항복하겠느냐. 참으로 가소로워 웃음밖에 나오지 않는구나. 자, 어서 내 목을 치거라."

관우는 그렇게 말하고는 입을 다물고 꿈쩍도 하지 않았다.

"관우를 끌어내서 목을 쳐라."

손권의 명에 병사들이 달려들어 관우를 밖으로 끌어냈다. 그러고는 관우와 관평을 나란히 앉힌 뒤 두 사람의 목을 쳤다.

손권은 부하 마충에게 적토마를 반장에게 청룡도를 상으로 건넸다. 하지만 어쩐 일인지 적토마는 관우가 죽은 날부터 풀을 먹지 않고 맥성 쪽을 바라보며 울부짖을 뿐이었다.

손권은 어몽을 위해 큰 잔치를 벌였다.

"그대는 주유와 노숙을 뛰어넘는 오의 보물이오."

손권이 여몽에게 잔을 건넸다. 그러자 여몽이 잔을 받아 들고 손권을 노려보았다.

"네놈들의 간계*에 빠져 목숨을 잃었지만 내 혼은 남아 반드시 오를 멸망시키리라."

여몽은 마치 관우의 혼이 씌기라도 한 듯 괴성을 질러 댔다. 손권과 사람들은 모두 기겁을 하며 도망쳤다. 얼마 지나지 않아 여몽은 병으로 세상을 떠나고 말았다.

여몽이 죽은 뒤 장소가 손권에게 말했다.

"일찍이 조조가 오에 사자를 보내 관우를 치라고 했으니 관우의 죽음을 조조에게 떠넘겨야 할 것입니다. 그렇지 않으면 촉이 위와 손을 잡고 오를 위협할 것입니다."

손권은 장소의 계책에 따라 바로 사자를 뽑아 관우의 머리를 위로 보냈다.

조조는 오의 사자에게 관우의 머리를 바치러 왔다는 이야기를 듣고 지난날을 떠올렸다.

"관우 장군은 죽고 나는 살아서 다시 만나게 되었구나."

조조가 관우의 머리를 건네받자 사마의가 말했다.

"대왕, 오가 보내 온 큰 화근덩어리를 받으시면 안 됩니다. 이는 촉의 원한을 우리에게 향하게 하려는 오의 무서운 계략입니다."

조조가 진저리를 치며 고개를 끄덕였다. 그러고는 관우의 머리를 그대로 오로 돌려보내려고 했다. 그러자 사마의가 다시 말했다.

간계 간사한 계략.

"아닙니다. 그래서는 대왕의 마음이 작아 보이실 터이니 우선 거두시고 사자를 돌려보내시지요. 그런 뒤 다른 방법을 찾아보시는 게 좋을 듯합니다."

오의 사자가 돌아가자 조조는 관우의 장례를 치르고 백 일 동안 음악을 연주하지 못하게 했다. 국장으로 치러진 장례에서 조조는 죽은 관우에게 형주왕의 지위를 내렸다.

한편 유비는 관우가 죽기 전 오씨를 후궁으로 맞아들여 새로운 왕비로 삼았다. 그 뒤 유비는 젊은 오씨와의 사이에서 아들 유영과 유리를 낳았다.

어느 날 밤, 유비의 꿈속에 관우가 나타났다.

"아, 내 아우 관우가 아닌가. 이 늦은 밤에 무슨 일인가?"

틀림없이 관우였지만 평소의 관우와 달리 좀처럼 얼굴을 들지도 않고 꼼짝도 하지 않고 눈물만 흘리고 있었다.

이윽고 관우가 말했다.

"복숭아나무 아래에서 맺은 맹세를 허무하게도 지키지 못했습니다. 형님, 어서 군대를 일으켜 이 아우의 원한을 풀어 주십시오."

"아우, 잠깐 기다리시게."

유비는 소리치면서 관우를 쫓아 복도까지 달려 나왔다. 그 순간 하늘에 떠 있던 달이 서쪽 산으로 기울더니 이내 사라져 버렸다. 유비는 얼굴을 감싸며 그 자리에 쓰러지고 말았다. 모든 게 꿈이었지만 유비가 복도에서 쓰러진 것만은 현실이었다.

그때 형주에서 소식이 전해졌다.

"관우 장군께서 맥성을 나와 촉을 향해 오시던 중 오의 장군들에게 붙잡히셨습니다. 그리하여 다음 날 관우 장군과 관평, 두 분의 목이 떨어져 돌아가셨습니다."

그 말을 들은 유비가 고함을 치며 말했다.

"아, 관우는 이미 이 세상 사람이 아니었단 말인가."

유비는 울부짖다 쓰러지고 또다시 울부짖다 쓰러졌다. 그러고는 사흘 동안 아무것도 먹지 않고 아무도 만나지 않았다. 그러자 제갈량이 진심을 다해 유비에게 말했다.

"사람의 목숨은 하늘에 달려 있습니다. 그러한데 언제까지 눈물만 흘리시려고 합니까. 오늘 아침에 들어온 소식에 따르면 오는 관우 장군의 머리를 위에 보냈습니다. 위에서는 관우 장군의 장례를 국장으로 치렀다고 합니다."

"그런 속임수에 우리가 넘어가서야 되겠소? 내가 당장 오를 쳐서 아우의 혼을 달래야겠소."

"그것은 옳지 않습니다."

"어째서 말이오? 지금 내가 눈물만 흘리고 있다고 꾸짖지 않았소?"

"때를 기다리셔야 합니다. 관우 장군이 살아 있다면 어떤 희생을 치러서라도 구해야겠지만 지금은 그렇게 성급하게 움직여서는 안 됩니다. 위와 오를 이간질해 양국이 싸우는 순간 비로소 군대를 움직여야 합니다."

그날 한중 왕의 이름으로 다시 한 번 관우의 장례가 치러졌다. 궁궐 남문에는 관우의 제사를 지낼 제단이 만들어졌다. 눈이 쌓이고 살을 에는 듯한 추위가 이어져 제단의 조기는 꽁꽁 얼어붙어 있었다.

황제의 자리를 빼앗다

조조는 몸이 자주 아팠다. 나이를 먹으면 몸이 마음대로 되지 않는 게 자연스러운 일이다. 그러나 조조는 그것을 인정하지 않았다.

"아무래도 요즘 몸이 좋지 않은 것이 관우의 혼이 저주를 내린 탓이 아닌가 싶네."

조조의 말에 신하들이 의견을 내놓았다.

"새 궁궐을 지어 기운을 북돋우는 게 좋을 듯싶습니다."

조조는 곧바로 궁궐을 짓기로 했다. 대들보로 약룡담에 있는 천 년 된 배나무를 쓰려고 했다.

"이 배나무를 쓰면 천하에 둘도 없는 건축물이 되겠구나."

조조는 나이를 먹어도 별난 것을 좋아했다. 하지만 인부들이 배나무를 베려고 해도 톱날과 도끼날이 들어가지 않아 며칠이 지나도록 일에 진척이 없었다.

"인부들이 두려워서 베지 못하는 게 틀림없다."

조조는 시종 수백 명과 병사를 이끌고 약룡담으로 향했다.

조조가 수레에서 내려 배나무를 올려다보았다. 배나무의 우듬지*는 구름에 닿았고 뿌리는 백룡처럼 못으로 뻗어 뒤엉켜 있었다.

"하늘 아래 나를 두려워하지 않는 것이 없다. 이제 너를 베어서 내 궁궐의 대들보로 삼으려 하니 너는 이를 기쁘게 받아들이길 바라노라."

조조가 칼을 빼 들고 배나무를 내리쳤다.

"내가 처음으로 칼날을 넣었으니 저주를 받아도 내가 받을 것이다. 그러니 이제 두려워하지 말고 베도록 하여라."

조조는 그렇게 말하고 바로 궁궐로 돌아갔다. 그런데 조조의 얼굴빛이 좋지 않았다.

다음 날 조조는 심한 두통을 호소했다. 그러자 조조의 부하 화흠이 화타를 불러왔다. 화타가 조조의 병을 살핀 뒤 말했다.

"이는 풍*으로 인한 병이 틀림없습니다."

"그럴 것이오. 가끔 편두통*이 있는데 심하면 며칠 동안 음식도 먹을 수 없을 정도요. 기왕 이렇게 어려운 발걸음을 하였으니 내 병을 치유할 방법이 있는지 찾아봐 주시오."

"방법이 없지는 않지만 수술이 굉장히 어렵습니다. 그 병의 뿌리가 머릿속에 있기 때문에 약으로는 효험을 볼 수 없습니다. 마폐탕을 드시고 마취를 한 뒤 머리를 갈라 병의 근원을 없애야 합니다. 그

우듬지 나무의 꼭대기 줄기. | **풍** 한의학 용어로서 몸이 마비되거나 말하기 힘든 증상을 가리킨다.
편두통 갑자기 머리가 아주 아파 오는 증상.

렇게 하면 십중팔구 깨끗이 나을 수 있습니다."

"만약 열 중 하나라도 잘못되면?"

"송구스럽게도 목숨을 포기할 수밖에 없을 듯합니다."

조조는 크게 화를 냈다.

"돌팔이 의사로다. 내 목숨을 두고 실험을 하다니!"

"하하하, 저는 자신이 있습니다만 겸손하게 말씀을 올린 것입니다. 지난날, 형주의 관우 장군이 독화살을 맞고 괴로워할 때도 제가 가서 그의 팔을 가르고 뼈를 깎아 독을 제거해 그의 병이 나았습니다. 그러한데 대왕께서는 그 정도 수술을 두려워하시며 제 의술을 의심하십니까?"

"닥쳐라! 팔과 뇌를 어찌 똑같다 할 수 있는가. 하하, 그리고 보니 너는 관우와 친밀한 사이인 듯하구나. 그래서 내 병을 구실로 삼아 관우의 원수를 갚으려는 것이로다. 여봐라, 당장 이자의 목을 쳐라."

조조의 병사들이 달려와 화타를 끌고 갔다.

얼마 뒤 조조의 병은 더욱 악화되었다. 천하의 영웅도 병을 이길 수는 없었다. 조조는 밤낮으로 악몽에 시달렸다. 먹구름 속에서 복황후와 동승이 나타나 괴롭히기도 하고 남녀 수만 명이 나타나 비웃기도 했다.

조조는 모든 대신을 머리맡에 불러 모았다.

"내게 아들이 네 명 있지만 그들은 모두 영웅호걸이라 할 수 없소. 그대들이 내 뜻을 헤아려 충성으로 나를 섬기는 것처럼 장남인 조비를 잘 섬기길 바라오."

조조는 그렇게 말하고 홀연히 마지막 숨을 거두었다.

조조의 죽음으로 젊은 조비가 위를 맡아야 했다. 하지만 조비는 황제가 명을 내리지 않아 위 왕의 자리에 오르지 못하고 있었다.

그때 조조의 심복 화흠이 허창에서 달려왔다. 화흠이 여러 대신을 향해 말했다.

"위 왕께서 돌아가셨다는 소식이 전해지자 온 나라 백성이 하늘의 태양을 잃어버린 듯 땅을 치며 통곡하고 있소이다. 그러니 하루라도 빨리 세자를 왕위에 오르시게 해야 하지 않겠소?"

"그게 어디 우리 마음대로 되는 일이오? 황제의 명이 있어야 하지 않겠소?"

"그래서 내가 직접 황제께 말씀을 올려 명을 받아 왔소이다."

화흠이 조서를 읽어 내려가자 조조의 신하들이 모두 기뻐했다. 하지만 황제의 조서는 화흠이 강제로 받아 온 것이었다.

마침내 조비는 위 왕의 자리에 올랐고 화흠은 상국*의 자리에 올랐다.

한편 조조의 죽음은 한중 왕 유비에게도 전해졌다. 유비는 조조와의 지난 싸움을 되돌아보면서 자신도 나이를 먹었다는 것을 느꼈다. 유비는 예순 살로 조조보다 여섯 살이 적었다.

조조가 죽은 뒤로 유비는 더욱더 자신이 살아 있을 때 오를 정벌하고 위를 멸망시키고 싶어 했다.

상국 옛날 벼슬아치 중에 제일 높은 정승을 가리킨다.

"먼저 손권에게 관우의 복수를 하고 위를 치려고 하는데 그대들의 생각은 어떠한가?"

"오에 복수하기 전에 관우 장군을 죽음으로 내몬 유봉에게 벌을 내려야 합니다."

부하들의 의견에 유비가 고개를 끄덕였다.

"단 하루도 그것을 잊은 적이 없소. 곧바로 유봉을 불러들여 처단해야겠소."

얼마 뒤 유봉이 유비 앞에 엎드려 빌었다.

"오로지 제 잘못입니다. 죽을죄를 지었습니다. 부디 이번 한 번만 용서해 주십시오."

유봉은 눈물을 흘리며 머리를 땅에 찧어 댔다. 하지만 유비는 피붙이의 정을 억누르며 아들을 외면했다.

"여봐라, 어서 저놈을 끌고 나가 목을 치도록 하라."

유비는 그렇게 말하고는 고개를 숙이고 안으로 들어가 버렸다. 그도 양아들을 살리고 싶었지만 나라의 질서를 위해서는 어쩔 수 없었다.

유비가 홀로 벽을 바라보고 있는데 부하 하나가 들어왔다.

"제가 양양에서 도망쳐 온 부하들에게 이것저것 물어보니 유봉 장군께서는 죄를 깊이 뉘우쳤다고 합니다."

"음, 유봉에게도 한 가닥 양심은 있구나. 그렇다면 죽이지는 말아야겠다."

그런데 그 순간 군사들이 유봉의 목을 쳐서 들고 왔다.

"아니, 그렇게 빨리 목을 쳐 버렸더냐? 아, 내가 너무 경솔하게 또 한 사람을 죽이고 말았구나. 아아, 참으로 비통하다."

유비가 중얼거리며 한탄하자 제갈량이 들어와 조용히 말했다.

"나라의 앞날을 생각하신다면 욕된 아들이 죽었다고 그리 슬퍼하지 마십시오. 주군은 한중의 왕이십니다."

유비는 고개를 끄덕였다. 하지만 그 일이 있은 뒤로 유비는 몸이 자주 아팠다.

위 왕 조비는 장병들을 데리고 조조의 고향과 선조의 묘소를 찾아 제사를 올렸다. 백성들은 거리를 청소하고 의장의 행렬이 지나가자 엎드려 절했다.

얼마 뒤 하후돈마저 세상을 떠났다. 조비는 조조의 신하를 위해 예를 갖춰 장례를 지냈다.

"좋지 않은 일은 이어 온다더니 올해는 반년 동안 초상만 치르는구나."

조비가 중얼거리자 신하들의 마음도 편치 않았다. 하지만 그 뒤로는 신기하게도 좋은 일만 이어졌다.

"석읍현 마을에 봉황이 나타나 마을 대표가 축하를 드리기 위해 왔습니다."

그 말을 듣고 조비는 크게 기뻐했다. 며칠 뒤 또 반가운 소식이 전해졌다.

"임치에 기린*이 나타났다며 마을 사람들이 우리에 기린을 넣어

헌상*하러 왔습니다."

계속 좋은 소식이 이어지자 상국 화흠을 비롯한 신하들이 조비를 황제의 자리에 올리기 위해 허창으로 갔다.

"황송하오나 이제는 한나라 황실의 기운이 다한 듯합니다. 하늘의 뜻에 따라 제위를 위 왕께 넘겨주실 것을 청하옵니다."

헌제의 나이는 아직 서른아홉밖에 되지 않았다.

"내가 비록 재주가 없다 하여 어찌 나라의 일을 함부로 버릴 수 있겠소."

헌제는 굴복할 기색을 보이지 않았다. 하지만 위 왕의 권력은 한층 높아졌고 한나라 황실에는 헌제 혼자뿐이었다. 한나라 황실의 충신은 대부분 늙거나 죽어서 황제를 도울 신하가 거의 없었다.

"아아, 어찌하면 좋단 말인가."

헌제는 홀로 눈물을 흘렸다. 그때 그의 뒤에서 조 황후가 다가와서 말했다.

"폐하, 오라버니인 위 왕께서 보낸 사자가 저를 데리러 왔습니다. 부디 옥체를 보존하시옵소서."

조 황후는 뜻깊은 말을 남기고 총총히 사라졌다. 헌제는 황후가 다시 돌아오지 않을 것을 깨달았다.

"그대까지 나를 버리고 가는 것인가."

헌제가 황후의 소매를 붙잡았지만 황후는 그대로 마차에 올랐다.

기린 옛날에 훌륭한 사람이 나올 징조라고 생각하던 상상 속 동물. | **헌상** 임금에게 바침.

헌제가 황후를 쫓아가자 그곳에는 화흠이 있었다.

"폐하, 이러고 계시면 화를 피하기 어렵사옵니다."

화흠은 예도 취하지 않고 교만하게 말했다.

"짐이 황제에 오른 지 삼십 년 동안 백성을 괴롭히거나 나라를 어지럽힌 적이 단 한 번도 없다. 나라를 원망하는 자가 있다면 그것은 오로지 위 왕에 의한 것이거늘 어느 누가 짐을 원망하겠느냐."

화흠이 황제의 옷소매를 붙잡고 거친 목소리로 쏘아붙였다.

"신들은 오로지 폐하를 생각하는 마음에서 만약의 사태를 걱정할 따름이옵니다. 지금은 그저 한마디만으로 족하옵니다."

헌제는 떨리는 입술을 깨물고 침묵을 지켰다. 그러자 화흠이 왕랑에게 눈짓을 했다. 이를 본 헌제가 급히 안으로 들어가 버렸다.

궁중 안 여기저기에서 분주한 발소리가 들리기 시작했다. 조휴와 조홍이 검을 차고 내전으로 들어가더니 소리를 지르며 황제의 옥새와 보물을 찾았다. 그러자 늙은 신하가 두려워하는 기색도 없이 두 사람 앞에 다가갔다.

"옥새가 황제의 보물이라는 건 어린아이도 다 아는 사실이거늘 어찌 신하 된 자가 그것을 함부로 가져가려고 하느냐. 어서 썩 물러가거라."

조휴와 조홍은 두말없이 늙은 신하를 밖으로 내몰았다.

궁궐 안은 갑옷을 입고 칼을 든 위의 병사들로 가득했다. 헌제가 급히 신하들을 모아 눈물을 흘리며 말했다.

"이제 짐은 위 왕에게 황제의 자리를 넘기고 오로지 나라와 백성이 편안하길 빌려 하오."

헌제의 말에 신하들이 통곡했다. 그때 가후가 불쑥 들어와서는 말했다.

"폐하, 잘 결심하셨습니다. 어서 빨리 조서를 내려 피를 보는 일이 없도록 하시옵소서."

가후는 헌제에게 강제로 조서를 쓰게 하고 옥새를 건네받았다.

조비가 조서와 옥새를 보고는 바로 받으려 하자 사마의가 당황해하며 말했다.

"아니 됩니다. 그렇게 가벼이 받으시면 아니 되옵니다."

그러고는 조비에게 눈짓을 하며 이어 말했다.

"무엇이든 세 번은 사양한 뒤 겸손히 받는 것이 예의입니다. 하물며 천하를 얻는 일인데, 세상의 비난을 받지 않기 위해서라도 더 예의를 갖추시는 모습을 보이는 게 좋을 것입니다."

조비는 사마의의 의도를 알아차렸다.

"이 몸은 덕이 부족하여 황제의 제위를 이을 수 없습니다. 그러하니 어진 이로 하여금 제위를 잇게 하는 게 옳은 듯싶습니다."

조비는 일단 헌제에게 옥새를 되돌려 보냈다. 다시 옥새를 받은 헌제가 당황해하자 헌제를 감시하던 화흠이 말했다.

"지난날 요제에게 아황과 여영이라는 두 딸이 있었습니다. 요제가 순에게 황제 자리를 넘기려 하자 순은 이를 사양했습니다. 이에 요제는 두 딸을 순왕에게 시집보내 황제의 자리를 넘긴 예가 있습니다. 폐하, 이를 잘 헤아리시옵소서."

다음 날, 헌제는 옥새와 함께 두 황녀를 위 왕궁으로 보냈다. 이에 조비가 크게 기뻐하자 이번에는 가후가 말리며 말했다.

"천하와 후대의 사람들이 비방하는 것을 막기 위해서라도 그렇게 서두르실 필요가 없사옵니다."

"그럼 세 번째 칙사를 기다리란 말이오?"

"아닙니다. 이번에는 화흠을 시켜 수선대를 짓게 하고 길일을 택해 황제가 직접 위 왕께 옥새를 내리고 황제의 자리를 물려주는 의식을 행하도록 해야 합니다."

조만간 수선대가 완성되었다. 세 겹의 높은 대와 식전의 네 문을 휘황찬란하게 장식했다. 얼마 뒤 많은 사람이 수신대로 모여들었다. 마침내 헌제는 수선대에 올라 떨리는 목소리로 위 왕에게 황제의 자리를 물려준다는 조서를 읽었다. 조비가 수선대에 올라 옥새를 받고 헌제가 눈물을 흘리며 수선대에서 내려왔다. 이어 음악이 울리고 만세 소리가 하늘 가득 울려 퍼졌다. 그날 저녁에는 큰 우박이 비처럼 쏟아졌다. 조비 위제는 국호를 '대위'라 정하고 죽은 조조의 시호를 '태조무덕황제'라 칭했다. 이제 남은 것은 헌제를 처리하는 문제였다.

얼마 뒤 위제의 사자가 헌제를 찾아가 말했다.

"인자하신 황제께서 너를 죽이지 않고 산양공으로 봉하셨다. 당장 산양으로 가서 두 번 다시 모습을 보이지 말라."

산양공이 된 헌제는 옛 신하 몇몇과 함께 한 마리 말을 타고 겨울 하늘 아래로 사라졌다.

죽음을 맞이한 장비

유비는 조비가 대위 황제의 자리에 올랐다는 소식을 듣고는 눈물을 흘렸다. 얼마 뒤 쫓겨난 헌제가 죽었다는 소식이 전해졌다. 유비는 정성껏 제사를 지낸 뒤 모든 일을 제갈량에게 맡기고 음식도 제대로 먹지 않았다.

제갈량의 가슴속에는 언제나 촉의 앞날에 대한 근심이 가득했다. 그러던 어느 날 한 늙은 어부가 제갈량을 찾아왔다.

"어젯밤 양강에서 그물을 치고 있는데 한 줄기 빛이 보여 다가가니 이것이 있었습니다."

어부가 가져온 것은 황금 인장이었다.

"이것은 한나라의 옥새다. 낙양 대란 때 없어진 뒤 오랫동안 찾지 못했다. 분명 조비에게 건네진 것은 조정에서 임시로 만든 옥새일 것이다."

제갈량은 여러 대신과 함께 유비를 만났다.

"지금이야말로 황제의 자리에 올라 한나라 황실의 정통을 바로 세우셔야 할 때입니다."

"그대들은 나를 후대에 의롭지 못한 자로 만들 셈인가?"

유비가 버럭 화를 냈다.

"역적의 아들 조비와 주군을 동일시하는 것이 아닙니다. 대역죄인 조비를 벌할 자는 한나라 황실의 피를 이어받은 한중 왕밖에 없습니다."

제갈량이 자세를 바로 하며 말했다.

"내 비록 한중 왕까지 올랐지만 아직 덕을 베풀지 못하였으며 또 한나라가 망했다고 하여 내가 그 뒤를 잇는다면 나 역시 조비와 같은 역적의 무리가 될 것이오. 그러니 두 번 다시 그런 말은 꺼내지 마시오."

제갈량은 아무 말 없이 물러갔다. 그날부터 제갈량은 병을 핑계로 얼굴을 보이지 않았다. 그러자 유비는 걱정이 들기 시작했다. 이윽고 더는 참지 못하고 직접 제갈량을 찾아갔다.

"황송하옵니다. 이처럼 누추한 곳까지 병문안을 오시니 뭐라 여쭐 말이 없습니다."

"많이 마른 것 같소. 식사는 잘하고 계시오?"

"그다지 편치 않습니다."

"내체 무슨 병이오?"

"마음의 병입니다."

"마음의 병이라니?"

제갈량은 눈을 감았다. 유비가 몇 번을 물어도 별다른 대답을 하지 않았다.

"군사, 내가 황제의 자리에 오르지 않겠다고 해서 병이 난 것이오?"

"그렇습니다. 신이 오두막을 나온 지 십 년, 주군을 섬겨 이제 촉을 취하여 간신히 하나 이상을 이루었습니다. 이제 더 큰 뜻을 이루셔야 하는데 어찌 된 일인지 주군께서는 세상의 비방만 두려워하십니다. 제가 주군을 섬긴 것은 주군께서 바로 큰 뜻을 펼칠 인물이라고 믿었기 때문입니다."

"잘 알았소. 내가 너무 나만 생각했던 것 같소. 이대로 잠자코 있으면 세상은 내가 조비의 즉위를 인정하는 것처럼 여길 것이오. 군사의 병이 나으면 반드시 군사의 뜻을 받아들이겠소이다."

유비는 그렇게 약속하고 돌아갔다.

며칠 뒤 제갈량은 밝은 모습으로 나타나서 서둘러 즉위식을 준비했다.

유비는 어가를 타고 궁궐 문을 나왔다. 수천수만의 군대와 신하가 만세를 외치는 중에 유비는 옥새를 받았다. 유비는 국호를 대촉으로 정하고 제갈량을 승상으로 임명했다.

어느 날 대촉의 황제 유비가 신하들을 모아 놓고 선언했다.

"짐의 생애에 아직도 못다 한 일이 있소. 그것은 오를 정벌해 관우의 원수를 갚는 일이오. 짐이 이제 대촉의 대군을 일으켜 그 뜻을 이루려 하니 그대들은 명심하고 실행하시오."

신하들은 기침 소리도 내지 않고 의지를 불태웠다. 그러자 조운이 홀로 반대하고 나섰다.

"지금은 오를 칠 때가 아닙니다. 위를 치면 오는 저절로 멸망할 것입니다. 만약 위를 뒤로하고 오를 공격하면 반드시 위와 오는 한 몸이 될 것입니다. 이로 인해 촉은 어려움에 처할 것입니다."

"조운, 그대의 말은 알겠으나 받아들일 수 없다. 오는 나라의 충신인 관우를 죽였다. 오를 응징하고 원한을 푸는 것이 나라의 뜻이니라."

관우가 죽은 뒤 장비는 술을 마시며 하루하루를 보내고 있었다. 화를 내다가 술에서 깨면 다시 욕을 하고 홀로 울며 오의 하늘을 노려보곤 했다. 언젠가 기필코 관우의 원한을 갚아 주겠다며 칼을 휘두르고 이를 갈기도 했다. 그러다 보니 장비는 병사들을 자주 괴롭혔다. 그들 사이에서 장비에게 원한을 품는 사람도 생겨났다.

얼마 뒤 장비는 유비의 명을 받고 성도에 왔다. 장비는 유비를 보자마자 그의 발목을 붙잡고 소리 내어 통곡했다.

"잘 왔네. 관우는 이미 이 세상에 없으니 복숭아나무 아래에서 맺은 의형제는 이제 우리 둘밖에 없구나. 그래, 몸은 건강한가?"

유비는 장비의 등을 어루만지며 위로했다.

"폐하께서도 그 옛날의 맹세를 아직 잊지 않고 계십니까. 이 장비도 관우 형님의 원수를 갚기 전까지는 마음 편히 지낼 수 없습니다."

장비가 주먹을 쥐며 눈물을 흘리자 유비도 함께 비통한 눈물을

흘렸다.

"내 마음도 마찬가지네. 언젠가 반드시 아우와 함께 오를 치러 갈 것이네."

"폐하께 그런 용기가 있으시다면 어찌 지금 당장 장비와 함께 오를 치러 가지 않으십니까."

"알았네, 알았어."

유비는 곧바로 장비에게 명을 내렸다.

"장비는 지금 당장 군사를 이끌고 낭중에서 오로 출정하라. 짐 역시 대군을 이끌고 그대와 함께 오를 칠 것이다."

장비는 기뻐하며 낭중으로 돌아갔다. 유비는 제갈량에게 성도를 맡긴 뒤 칠십오만 명의 대군을 이끌고 출발했다.

낭중으로 돌아온 장비는 당장 오를 집어삼킬 기세로 부하 범강과 장달을 불러 말했다.

"이번 출정은 관우 형님을 애도하는 싸움이니 병선의 장막부터 깃발, 갑옷, 전포까지 모두 흰색이어야 한다. 나흘째 새벽에 낭중을 출발할 것이니 어김없이 준비하도록 하라."

"사흘이라는 짧은 시간 안에 준비하는 것은 도저히 불가능하니 열흘을 주십시오."

"뭐라, 불가능하다고? 출정을 앞에 두고 명을 거역한 놈들을 징벌하라."

이윽고 범강과 장달은 나무에 매달려 채찍질을 당했다.

"용서해 주십시오. 명령대로 반드시 사흘 안에 모든 준비를 해

놓겠습니다."

"거봐라, 할 수 있지 않느냐. 풀어 줄 터이니 반드시 그때까지 준비를 마쳐라."

병사들이 보고 있는 앞에서 징벌을 받은 범강과 장달은 심한 모욕을 느끼고 장비에게 원한을 품게 되었다.

그날 밤 장비는 부하들과 함께 술을 마시고 코를 골며 잠이 들었다. 그러자 장비의 장막으로 범강과 장달이 숨어들었다. 장비가 코를 골며 자고 있는 것을 확인한 두 사람은 품속에서 단검을 꺼내 장비의 목을 찔렀다. 장비는 그렇게 쉰다섯이라는 나이로 죽음을 맞이하고 말았다. 범강과 장달은 장비를 머리를 들고 재빨리 오로 도망쳐 항복했다.

성도를 출발한 촉의 대군은 계속 행군을 이어 나갔다. 그러던 중 유비는 장비가 죽었다는 소식을 전해 들어야 했다. 유비의 손발은 떨리고 얼굴빛은 새파래지고 이마에서는 식은땀이 흘렀다. 겨우 정신을 차린 유비는 제단을 만들어 제를 올렸다.

다음 날 아침, 출발 준비를 하는데 장비의 장남 장포가 하얀 전포에 은백색 투구와 갑옷을 입고 나타났다.

"아버지를 대신하여 큰 공을 세우지 못한다면 지하에 계신 아버지께서 편히 눈을 감지 못할 것입니다."

"오, 아비를 닮아 늠름하구나."

유비는 슬픔 속에서도 마음을 다잡았다. 그때 관우의 둘째 아들

관흥이 군대를 이끌고 왔다.

"제게 선봉을 맡겨 주십시오."

장포의 말에 관흥이 땅에 엎드려 눈물을 흘렸다.

"폐하, 잠시 기다려 주십시오. 돌아가신 아버지께서는 분명 지하에서 지켜보고 계실 것입니다. 그런데 어찌 다른 사람에게 선봉을 맡길 수 있겠습니까. 부디 선봉을 제게 맡겨 주시길 청합니다."

그러자 장포가 관흥을 향해 말했다.

"관흥, 네가 무슨 재주로 선봉을 맡을 수 있단 말인가."

"나는 활쏘기에 자신이 있다."

관흥의 대답에 장포도 지지 않고 말했다.

"무예라면 나는 누구에게도 지지 않을 것이다."

두 사람의 모습을 지켜보던 유비가 마침내 입을 열었다.

"좋다. 그럼 서로 무예를 겨뤄 더 나은 자에게 선봉을 맡기겠다."

유비의 말을 들은 장포가 먼저 삼백 보 떨어진 곳에 깃발을 세우고 붉고 작은 과녁을 그려 넣었다. 장포가 쏜 화살들은 모두 과녁을 정확히 꿰뚫었다.

"과연 장비의 아들이구나."

유비가 감탄했다. 그 순간 관흥이 활을 들고 앞으로 나섰다.

"과녁을 맞히는 것이 뭐 그리 대단한 것이리. 장포, 내 화살을 잘 보노록 하라."

관흥은 몸을 반달처럼 젖히고 공중을 향해 활시위를 팽팽하게 잡아당겼다. 때마침 하늘에서는 기러기의 울음소리가 들려왔다. 잠시 숨을 참고 하늘을 노려보던 관흥이 기러기가 머리 위를 지나자 활을 쏘았다. 활시위 소리와 함께 기러기가 땅으로 떨어졌다. 그러자 장포가 뛰어나오며 소리쳤다.

"관흥, 활만 잘 쏜다 하여 싸움에서 이길 수 있겠느냐? 너는 창을 다룰 줄 아느냐?"

관흥이 칼을 뽑아 장포에게 겨누며 말했다.

"그럼 너는 칼을 다룰 줄 아느냐?"

장포가 장비의 유품인 장팔사모를 들고 관흥에게 덤벼들려는 순간 유비가 소리쳤다.

"둘은 그만해라! 너희는 아직 상도 끝나지 않았는데 어찌 같은 편끼리 싸움을 하려 드느냐. 본래 너희의 아비들은 피를 나눈 의형제였다."

관흥과 장포는 말에서 내려 머리를 땅에 조아렸다.

"앞으로는 관우와 장비처럼 너희도 사이좋게 지내도록 하라. 둘 중 나이가 어린 사람이 나이가 많은 사람을 형님으로 모시고 깊은 우애를 나누도록 하라."

관흥과 장포는 유비에게 절을 하고 유비의 말을 따르기로 맹세했다. 장포는 한 살 더 많은 관흥을 형으로 받아들였다. 그렇게 두 사람은 의형제를 맺었다.

제갈근은 손권의 명을 받고 유비를 만나러 왔다.

"먼저 관우 장군의 죽음에 대해 오해를 풀고자 합니다. 오는 본래 촉에 아무런 원한도 없습니다. 다만 그곳을 지키던 관우 장군과 오의 여몽이 싸워 그만 일이 그 지경까지 이르고 말았습니다."

유비는 눈을 감고 한 마디도 하지 않았다. 제갈근은 말을 이었다.

"관우 장군의 죽음도 또 촉과 오의 갈등도 헤아려 보면 모두 위의 계략에 놀아난 것에 지나지 않습니다. 두 나라가 싸워 위에게 득이 되면 그거야말로 어리석은 일입니다. 부디 창을 거두시고 우호를 맺길 바랍니다."

유비가 갑자기 손을 번쩍 들어 제갈근의 말을 막았다.

"이제 됐소. 그만 오로 돌아가시오. 손권에게 가까운 시일 안에 짐이 찾아갈 것이니 목을 씻고 기다리라 이르시오."

제갈근이 돌아오자 오는 큰 충격에 휩싸였다. 이제 남은 것은 유례없는 전쟁뿐이었다.

촉의 대군이 백제성에 주둔하면서 오와 위의 동정을 살피고 있을 무렵 소식이 전해졌다.

"오가 위에 급히 도움을 청한 듯한데 아직 위의 조비가 아무런 움직임을 보이고 있지 않습니다."

"짐의 생각이 틀리지 않다면 조비는 오와 촉의 싸움에서 힘들이지 않고 이익을 얻으려는 것이다. 그렇다면 이제……."

유비는 비로소 단호하게 명을 내렸다. 하지만 조비는 여전히 병사를 움직이지 않았다. 손권은 남을 믿는 것이 얼마나 위험하고 어리석은 일인지 깨달았다.

관흥과 장포는 군대를 이끌고 질풍처럼 적진으로 공격해 들어갔

다. 오의 선봉은 손권의 조카 손환이 맡았는데 관흥과 장포에게 무참히 참패를 당했다.

관흥과 장포가 말 머리를 나란히 하고 돌아왔다.

"둘 다 부친의 이름을 부끄럽게 하지 않았구나."

유비는 관흥과 장포의 어깨를 두드리며 칭찬했다.

한편 손환은 첫 싸움에서 대패하자 일단 진영을 물렸다. 손권도 패전 소식을 듣고 낙담했다. 그러자 장소가 손권을 위로했다.

"너무 심려치 마십시오. 오의 명장들이 세상을 떠났다고 해도 아직 좋은 장수가 많이 있습니다. 먼저 감녕을 부르십시오."

손권은 장소의 말에 힘을 얻었다. 손권은 감녕에게 군대의 지휘를 맡기고 젊은 장수인 손환을 후방으로 보내며 진영을 새롭게 짰다.

그 무렵 촉의 노장 황충은 불과 병사 열 명을 이끌고 오의 진영으로 다가갔다.

"관우 장군의 원수를 갚을 때까지 나는 싸울 것이다."

오의 진영에서 싸움을 대비하고 있었기 때문에 황충은 지리가 나쁜 험지에 빠져 버렸다. 활로를 뚫고 피하려는데 사방에서 돌이 날아왔다. 황충은 화살에 맞고 말은 돌에 맞아 쓰러졌다. 그는 기력이 다하고 눈도 희미해지자 이제 끝이라는 생각에 스스로 죽으려고 했다. 그때 오의 장군 마충이 말을 내달려 왔다. 그것을 본 황충은 마충을 저승길 길동무로 삼으려고 마지막 남은 힘을 다해 창으로 마충을 찔렀다. 그때 관흥과 장포가 황충을 구하러 왔다. 황충은 겨우 몸을 일으켜 계곡 쪽으로 도망쳤다. 하지만 황충은 그만 숨을 거두고 말았다. 소식을 들은 유비는 크게 슬퍼했다.

"또 대장군 한 명이 세상을 떠났구나."

하지만 유비는 마음을 추슬러야 했고 촉의 대군은 다시 강을 건너 진군해야 했다.

오의 수군을 지휘하던 감녕은 출정할 때부터 몸이 좋지 않았다. 이윽고 겨울이 되자 그는 지병이 도졌다. 그러나 퇴각하는 육군과 함께 어쩔 수 없이 이동을 해야만 했다. 그런데 도중에 숨어 있던 촉의 군대에 공격을 당하게 되었다. 감녕은 아픈 몸으로 어깨에 화살까지 맞고 숨을 거두었다.

이제 촉군의 병사들에게는 반드시 이긴다는 신념이 있었고 오군의 병사들에게는 싸우면 반드시 진다는 두려움이 있었다.

하루는 늦은 밤이 되어도 관흥이 돌아오지 않았다.

"관흥을 찾아보도록 해라."

유비는 장포를 비롯한 장군들에게 명을 내린 뒤 밤늦게까지 잠자리에 들지 않았다.

그 시각 관흥은 아버지의 원수인 마충과 반장을 뒤쫓고 있었다. 마침내 관흥은 반장과 맞닥뜨렸다.

"아버지의 원수, 반장. 청룡도를 받아라."

관흥이 반장을 향해 달려들자 반장은 이내 목이 떨어지고 말았다. 관흥은 기뻐하며 반장의 머리를 안장 옆에 매달았다. 그러고는 산을 내려가는데 이번에는 산기슭 쪽에서 마충이 올라왔다. 마충은 관흥을 보자마자 고함을 치며 달려들었다. 관흥 역시 청룡도를 휘두르며 맞서 싸웠다. 그때 장포의 군대가 횃불을 흔들며 올라왔다. 관흥과 장포는 힘을 합쳐 싸웠다. 얼마 뒤 마충도 목이 떨어졌다.

반장과 마충마저 죽자 오의 병사들 사이에서 촉은 도저히 이길 수 없는 상대가 되어 버렸다.

관흥은 진영으로 돌아와 관우의 영정* 앞에 원수들의 머리를 바쳤다. 하지만 아버지의 원한을 갚고 기뻐하는 관흥과는 달리 장포는 풀이 죽어 있었다. 유비는 그런 장포의 마음을 헤아리며 다독였다.

"오를 공격하면 반드시 장비의 원한도 갚을 수 있을 것이니 너무 슬퍼하지 말라."

그 무렵 범강과 장달은 거리 한복판에서 쇠사슬에 묶여 백성들의 구경거리가 되고 있었다. 오가 계속 패하자 일부 대신들이 촉과 화해해야 한다며 나선 것이다.

"본래 촉은 오와 평화를 유지하고 싶어 합니다. 그런데 촉이 대군을 일으켜 공격해 온 것은 여몽과 반장 같은 자들 때문입니다. 이제 그들도 모두 죽고 남은 것은 범강과 장달 두 사람뿐입니다. 장비의 머리와 함께 범강과 장달을 촉으로 돌려보내야 합니다. 또한 형주 땅을 돌려주고 오 부인을 보내면 당장 병사를 거두고 오를 공격하지 않을 것입니다."

결국 손권은 신하들의 말에 따라 유비에게 사자를 보냈다.

영정 제사나 장례를 치를 때 쓰는 사람 얼굴을 그린 족자.

이윽고 오의 사자는 유비를 만나 장비의 머리가 담긴 상자와 범강과 장달을 건넸다. 유비는 범강과 장달을 장포에게 건넸다. 장포는 그 자리에서 범강과 장달의 목을 치고는, 그들의 목을 장비의 영정에 바치고 엉엉 소리 내어 울었다. 그 모습을 본 오의 사자가 두려워하며 말했다.

　　"저희 왕께서는 오 부인도 돌려보내시고 다시 예전처럼 화친을 맺고 싶어 하십니다."

　　하지만 유비는 오의 제안을 단칼에 거절했다.

　　"짐의 바람은 오를 치고 위를 평정하여 천하를 하나로 합치는 것이다."

유비의 유언

사자는 도망치듯 오로 돌아와 손권에게 유비의 말을 전했다. 손권이 한숨을 내쉬자 감택이 말했다.

"너무 걱정하지 마시고, 형주에 있는 육손을 불러 일을 맡겨 보시지요. 육손은 아직 젊지만 여몽이 생전에 칭찬을 아끼지 않았던 인물입니다."

손권은 감택의 말을 따르기로 했다.

이윽고 육손이 건업으로 오자 손권은 육손에게 대도독의 임무를 맡기고 다짐을 받았다.

"기대에 부응할 자신이 있는가?"

"나라의 존폐가 걸린 문제인데 어찌 명을 따르지 않겠습니까. 다만 모든 대신이 보는 앞에서 신에게 칼을 내려 주십시오."

"알겠네."

손권은 대신들을 모이게 한 뒤 육손에게 직접 칼을 건넸다.

"이제 그대를 대도독으로 임명하니 형주의 군대를 모두 지휘하라."

육손이 새로운 총사령관으로 부임한다는 소식이 전해지자 각 진영의 장군들이 한결같이 불만을 늘어놓았다.

"그런 어린아이가 대도독에 임명되다니 대체 어찌 된 일인가."

"저렇게 약한 자가 어찌 군을 지휘할 수 있단 말인가."

한편 대도독이 된 육손은 형주의 모든 장병을 불러 모았다.

"오왕께서 친히 내게 칼을 내리시며 성안의 일은 왕께서 맡으시고 밖의 일은 내게 맡기셨소. 만약 이를 거역하는 자가 있다면 먼저 목을 치고 나중에 보고해도 좋다고 명하셨소."

장군들은 아무 말 없이 그저 다른 곳만 바라보고 있었다. 그때 불만을 품고 있던 주태가 육손에게 물었다.

"앞선 싸움에서 손환은 촉의 군대에 포위되어 이릉성에 갇혀 있습니다. 대도독께서 부임하셨으니, 하루라도 빨리 묘책을 세워 먼저 손환을 구해 주시길 바랍니다."

"손환은 부하를 잘 다루는 장군이니 반드시 병사들과 함께 성을 잘 지켜 낼 것이오. 내가 치려고 하는 것은 촉의 중심이오. 적의 중심이 무너지면 이릉성의 포위는 저절로 풀릴 것이오."

그 말을 들은 장군들은 속으로 생각했다.

'육손에게는 아무런 계책이 없군.'

'저런 자를 대도독으로 두면 틀림없이 싸움에서 지고 말 거야.'

다음 날 육손은 각 군대에 '오로지 굳게 지키고 누구라도 나가서 싸우는 것을 금한다.'는 명을 내렸다. 그러자 장군들이 더는 참지 못하고 무리를 지어 육손에게 갔다.

"우리는 이미 목숨을 버리고 전쟁에 임했는데, 도독은 대체 무슨 생각으로 그런 명령을 내리시는 겁니까?"

"나는 오왕을 대신하여 그대들에게 명을 내리는 사람이다. 내 명을 거역하는 자는 목을 칠 것이다."

장군들은 입을 다물고 돌아가야만 했다. 하지만 어느 누구도 육손에게 굴복한 것은 아니었다.

'젊은 놈이 권력을 손에 넣더니 저리 시건방지게 구는군.'

얼마 뒤 촉의 대군이 코앞까지 들이닥치자 오의 장군들은 더는 불만만 늘어놓을 수 없었다. 촉의 대군은 효정에서 천구에 이르는 광대한 지역에 진을 마흔 개나 치고 있었다.

"이번 오의 총사령관으로 부임한 육손은 도대체 어떤 사람인가?"

유비가 부하들에게 묻자 마량이 대답했다.

"육손은 나이가 어리지만 오의 여몽이 존중한 인물입니다. 여몽은 사람 보는 눈이 뛰어나 일찍부터 그를 눈여겨보았지요. 오의 군대가 형주를 공격한 것도, 관우 장군을 속인 것도 실은 여몽이 아닌 육손의 계략이라고 합니다."

"그럼 육손은 내 아우를 죽인 원수가 아니더냐."

"그렇다고 할 수 있습니다."

유비는 곧장 부하들에게 명을 내렸다.

"관우 장군의 원수인 육손의 군대를 공격하라!"

그 사이 오의 대도독 육손도 명을 내렸다.

"다들 함부로 움직이지 말고 각 진영을 지켜라!"

촉의 군대는 병사들을 앞세워 오의 군대를 유인했지만 오의 군대는 진영에서 한 발도 나오지 않았다. 그늘 한 점 없는 무더위 때문에 풀은 메마르고 땅은 뜨거웠다. 게다가 물을 구하려면 멀리까지 가야했다. 그러다 보니 촉의 군대에서는 아픈 병사가 점점 많아졌다.

"일단 진영을 시원한 산그늘이 있는 곳이나 물이 있는 계곡으로 옮기도록 해라."

유비의 명령에 마량이 걱정하며 말했다.

"한 번에 군대를 물리는 것은 위험합니다. 반드시 육손이 추격해 올 것입니다."

"약하고 늙은 병사를 남겨 거짓으로 도망친 뒤 적이 쫓아오면 병사들을 숨겨 놓았다가 적을 칠 것이다."

"폐하, 명을 내리시기 전에 승상의 의견을 들어보시는 게 좋을 듯싶습니다. 마침 승상이 한중에 나와 있다고 합니다."

"멀리 전쟁을 나와서까지 어찌 승상에게 일일이 물어볼 수 있겠소? 그래도 승상이 한중에 와 있다면 그대가 가서 상황을 전하고 오시오."

유비는 마량을 제갈량에게 보낸 뒤 계획대로 진영을 옮겼다. 그래도 육손은 좀처럼 움직이지 않았다.

그즈음 대위 황제 조비는 하늘을 보며 웃었다.

"유비가 죽을 날이 가까워졌구나. 물가에 진영을 쌓는 동안 촉의 군대는 지치고 말 것이다. 오는 그 기세를 몰아 촉으로 쳐들어갈 것이다. 우리는 바로 그때를 노려 오를 공격하면 된다."

한편 한중으로 건너간 마량은 제갈량을 만나 소식을 전했다. 그러자 제갈량이 무릎을 치며 한숨을 내쉬었다.

"강물의 흐름을 타고 진군하는 것은 쉬우나, 물을 거슬러 물러나는 것은 어렵네. 마량, 그대는 서둘러 돌아가서 내 말을 전하고 위급한 상황이 오면 황제를 백제성으로 모시고 가게. 내가 그곳에 병사 십만 명을 준비해 놓았으니, 육손이 무심결에 쫓아온다면 그는 사로잡히고 말 것이네."

제갈량은 바로 성도로 돌아갔고 마량은 다시 전장으로 향했다.

드디어 오의 육손이 움직이기 시작했다. 육손은 모든 장병을 불러 모은 뒤 명령을 내렸다.

"우리가 싸우지 않은 지 백 일이 지났다. 먼저 주연 장군은 마른 갈대와 건초를 배에 싣고 강 상류로 나가 바람을 기다려라. 분명 내일 낮부터 동남풍이 불어올 것이다. 바람이 불면 유황*과 염초*를 던져 적의 진영을 불태워라. 한당 장군은 군대를 이끌고 북쪽 강기슭으로 올라가라. 주태 장군은 남쪽 강기슭을 공격하라. 유비는 내일 밤을 넘기지 못하고 우리 손안에 들어올 것이다."

다음 날 점심 무렵부터 동남풍이 불기 시작했다. 해가 질 무렵, 촉의 진영에서 연기가 피어올랐다. 처음에는 실수로 불이 난 것이라

유황 공기 중에서 잘 타는 금속. 화약이나 성냥을 만드는 데 쓰인다.
염초 가벼운 충격을 받아도 폭발하는 화약을 가리킨다.

생각했다. 그런데 조금 뒤 아래쪽 진영에서도 불이 났다. 얼마 지나지 않아 북쪽 강기슭뿐 아니라 남쪽 강기슭에서도 불길이 치솟았다. 어느새 밤하늘이 새빨갛게 불타올랐다.

"적이다. 오의 군대다!"

촉의 진영은 순식간에 아수라장이 되었다. 유비는 부하들의 도움으로 간신히 말을 잡아타고 도망칠 수 있었다.

"어서 빨리 백제성으로 가셔야 합니다."

유비는 산 정상까지 오르고 나서야 비로소 정신을 차릴 수 있었다. 그제야 유비는 육손이 화공을 이용해 공격했다는 것을 알 수 있었다. 그때 제갈량의 명을 받은 조운이 유비를 구하기 위해 나타났다. 유비는 조운의 보호를 받으며 백제성으로 향했다.

유비는 백제성으로 돌아오자마자 앓아 누웠다.

'지금에 와서 후회해 봤자 소용없지만 승상의 말을 따랐다면 오늘과 같은 치욕은 겪지 않아도 되었을 것을…….'

유비는 제갈량을 그리워할 뿐 좀체 병상에서 일어나지 못했다. 그러자 신하들이 유비에게 말했다.

"폐하, 성도로 돌아가 건강을 회복하시는 게 좋겠습니다."

"패장이 무슨 면목으로 백성들을 볼 수 있겠는가."

유비는 자신의 목숨이 얼마 남지 않았다는 걸 깨달았는지 제갈량을 만나고 싶다고 했다.

제갈량은 태자 유선을 남겨 두고 아직 어린 유영과 유리 두 황자를 데리고 밤낮으로 달려 백제성에 도착했다.

제갈량은 유비의 모습을 마주하고는 바닥에 엎드려 통곡했다.

"이리 가까이 오시오."

유비는 엎드린 제갈량의 등을 향해 메마른 손을 뻗으며 말했다.

"승상, 용서하시오. 짐이 여기까지 올 수 있었던 것도 오로지 승상이 곁에 있어 준 덕분이오. 그런데 그만 내가 승상에게 의견을 구하지 않아 오에 패하고 병을 얻고 말았구려. 짐이 죽으면 나랏일을 모두 승상에게 맡길 수밖에 없을 듯하오. 제갈량이 있다는 그 사실 하나만 믿고 이 유비는 그만 세상을 떠나려 하오."

"폐하, 약해지시면 아니 되옵니다."

제갈량이 흐느껴 울며 말했고 유비는 마지막으로 유언을 말했다.

"죽음을 앞두고 돌아보니 내가 할 일은 모두 이루었소이다. 내 승상의 충절을 믿고 한 가지만 부탁하리다."

"제 목숨이 붙어 있는 한 폐하의 뜻을 가슴에 새기고 반드시 받들겠습니다."

"승상, 그대의 재주는 조비보다 열 배 이상 뛰어나오. 또 손권과 같은 자와는 비교할 수도 없소. 그러니 오랫동안 촉을 잘 보살펴 주시오. 태자 유선이 아직 어려 앞날을 알 수가 없소. 만약 유선이 좋은 황제가 될 자질이 있다면 그대가 잘 보필해 주시오. 그러면 그보다 더 기쁜 일은 없을 것이오. 하지만 유선이 황제의 그릇이 아니라면 그대가 직접 촉의 황제가 되어 나라를 다스려 주시오."

유비의 유언에 제갈량은 바닥에 머리를 짓찧으며 통곡했다.

유비는 어린 왕자인 유영과 유리를 곁으로 불렀다.

"이 아비가 죽어도 너희 형제는 승상을 아버지처럼 섬겨야 한다. 알겠느냐?"

유비는 잠시 두 아들을 바라보다 다시 제갈량에게 말했다.

"승상, 짐의 아들들이 새아버지에게 절을 올리려 하니 그곳에 앉으시오."

두 왕자는 유언을 따를 것을 맹세하는 뜻으로 제갈량에게 두 번 절을 했다. 그 모습을 본 유비가 마음이 놓인다는 듯 심호흡을 하고 옆에 있던 조운을 돌아보았다.

"장군과는 오랫동안 온갖 고난과 역경을 함께해 왔는데, 오늘에 이르러 이렇게 헤어지게 되었구려. 그동안 한결같이 내 곁에 있어 주어 고맙소. 이제부터는 승상과 어린 왕자들을 잘 부탁하오."

"명 받들겠습니다."

조운이 고개 숙이며 흐느꼈다.

유비는 마지막으로 신하들을 향해 말했다.

"그대들은 내 명을 명심하시오. 내 모두에게 유언을 남기지 못하지만 모두 한마음으로 승상을 도와 나라를 잘 이끌어 주시오."

유비는 그렇게 말을 마친 뒤 홀연히 숨을 거두었다. 그때 유비의 나이는 예순셋이었다.

제갈량은 유비의 장례를 치르기 위해 성도로 돌아갔다. 그러자 유선이 눈물을 흘리며 유비의 관을 맞이했다. 유선은 아버지의 유언을 펼쳐서 읽고 그 뜻을 받들 것을 다짐했다. 촉의 신하들도 유비의 유언을 어김없이 받들 것을 맹세했다.

　제갈량은 곧바로 유선을 황제의 자리에 올리고 유비의 장례를 치렀다. 유선은 아버지의 유언에 따라 제갈량을 공경했다. 유선의 나이는 열일곱이었지만 백성들은 유선을 새로운 황제로 받들었다.

마음을 굴복시키기 위한 계책

유비가 죽었다는 소식을 듣고 가장 기뻐한 사람은 위의 조비였다.

"이번 기회에 촉을 쳐야겠다."

조비의 말에 사마의가 앞으로 나서며 힘을 실었다.

"다섯 방향에서 대군이 공격하면 제갈량도 어찌할 수 없을 것입니다."

"다섯 방향이란 어디를 말하는 것인가?"

"첫 번째는 요동 지방의 오랑캐에게 서평관을 치도록 하는 것입니다. 두 번째는 남만의 맹획이 남쪽에서 촉을 위협하는 것입니다. 세 번째는 오를 움직여 양천과 협구를 치게 하는 것이며 네 번째는 맹달에게 부성을 취하게 하는 것입니다. 마지막 다섯 번째는 조진 장군을 대도독으로 삼아 정면으로 촉을 공격하는 것입니다."

조비는 곧바로 사마의의 계략을 받아들였다. 이윽고 사자들이 다섯 방향으로 급히 파견되었다.

얼마 뒤 유선에게도 위의 대군이 다섯 방향에서 촉을 향해 쳐들어올 거라는 소식이 전해졌다. 유선은 어린 황제라 모든 것을 제갈량에게 의지할 수밖에 없었다.

"승상, 지금 위의 대군이 다섯 방향에서 온다는데, 어찌하면 좋겠습니까?"

"서량 출신인 마초는 아직도 오랑캐들에게 칭송을 받고 있습니다. 그러니 마초를 보내 서평관을 지키게 하면 될 것입니다. 남만의 군사는 용맹하기는 하나 서로 시기하고 의심이 많습니다. 벌써 위연에게 계책을 내렸으니 걱정하지 않아도 될 것입니다. 네 번째 방향은 맹달과 생사를 나누던 이엄에게 맡기면 될 것입니다. 다섯 번째 방향은 조운 장군이 있으니 걱정할 필요가 없습니다. 또한 관흥과 장포에게도 네 곳을 도와 싸우라고 일러두었습니다. 그런데 한 가지 문제는 세 번째 방향인 오입니다. 오는 위의 제안을 쉽게 따르지는 않을 것입니다. 하지만 촉이 위태로워질 경우에는 반드시 협구를 공격해 올 것입니다. 그러니 오에 사자를 보내 동맹을 맺는 게 좋을 듯싶습니다."

제갈량의 말에 유선은 마음을 놓았다.

다음 날 제갈량은 신하 가운데 패기가 넘치는 등지를 오로 보냈다.

한편 오의 손권은 위의 뜻을 받아들여야 할지 말아야 할지 결단을 내리지 못하고 있었다. 그러자 육손이 손권에게 말했다.

"위의 뜻을 물리치면 위는 반드시 원한을 품을 것입니다. 그렇다고 위에 굴복하여 촉을 치는 것은 괜한 힘을 쏟는 일입니다. 물론 촉에 제갈량이 있는 한 촉은 쉽사리 무너지지 않을 것입니다. 그러니 우선 상황을 좀 살피다 촉을 공격하는 게 좋을 듯싶습니다."

그 뒤 오는 군대를 내보냈지만 싸우지는 않았다. 위는 나머지 네 방향에서 촉에 패하고 말았다. 요동의 군대는 촉의 마초에게 패했다. 남만의 군대도 촉의 군대에 패하고 맹달은 병을 핑계로 움직이지 않았고 조진도 조운에게 패한 상태였다.

그즈음 촉의 사자 등지가 오에 도착했다.

"유비가 세상을 떠난 뒤 어린 왕이 촉을 다스리고 있으니 촉의 앞날이 걱정되는구려."

손권의 말에 등지가 힘주어 대답했다.

"아직 촉의 황제는 어리지만 오에는 대왕이 계시고 촉에는 제갈량이 있습니다. 또한 오에는 삼 강이 있고 촉에는 험한 산천이 있습니다. 그러니 서로 협력하면 무서울 게 없을 것입니다. 그런데 대왕께서는 스스로 위의 신하라 하시니 안타까울 뿐입니다. 하루라도 빨리 오와 촉이 동맹을 맺어 위에 맞서야 합니다."

등지의 진심 어린 말에 손권은 마음이 움직였다.

"알겠소. 촉의 제안을 받아들이겠소."

얼마 뒤 조비는 오와 촉이 동맹을 맺었다는 소식을 듣고 분노했다. 조비는 오를 공격하기 위해 거대한 병선을 만들었다. 위의 조선소에서는 쉴 새 없이 병선을 만들었고 조비는 병사 이천 명을 태울 수 있는 거대한 병선에 '용함'이라는 이름을 붙였다.

드디어 용함 십여 척과 병선 삼천 척이 오를 향해 나아갔다.

위가 쳐들어온다는 소식을 들은 오는 충격에 휩싸였다. 손권은 서성을 대도독으로 임명하고 곧바로 출정 준비를 서둘렀다.

그날 위의 병선들은 광릉까지 진출했다. 조비는 용함을 타고 직접 오의 군대를 살폈다. 어디를 둘러봐도 칠흑 같은 어둠뿐이었다. 그때 오의 적진을 살피러 간 배들이 달빛을 받으며 돌아왔다.

"어느 곳을 살펴봐도 개미 한 마리 보이지 않습니다. 아무래도 우리가 올 것을 알고 미리 피한 듯싶습니다."

조비는 크게 웃으며 고개를 끄덕였다.

새벽녘에 짙은 안개가 피어올랐다. 아침이 되어 해가 떠오르자 안개가 사라지고 강 건너까지 훤히 보일 만큼 날이 맑아졌다.

"아니, 저것이 무엇입니까?"

병사들이 소란스럽게 떠드는 소리에 조비가 달려 나와 앞쪽을 살폈다. 오의 진영은 하룻밤 사이에 완전히 달라져 있었다. 산과 언덕에는 오의 깃발이 나부끼고 강기슭에는 오의 병선이 숲을 이루고 있었다. 오의 서성이 모든 시설에 풀과 나무를 뒤집어씌우고 마을 사람들을 다른 곳으로 이동시켜 싸울 준비를 마친 것이다. 어둠과 안개를 이용해 눈치채지 못하도록 위장을 했던 것이다.

조비는 급히 되돌아가려 했지만 강풍이 거세게 휘몰아쳤다. 그 바람에 용함이 하구 모래톱에 처박히고 작은 배들이 날아갔다. 조비는 간신히 육지에 있는 진영으로 몸을 피했다. 그때 병사들이 달려와 새 소식을 전했다.

"촉의 조운이 양평관에서 나와 장안을 공격하고 있습니다."

"뭣이? 장안은 심장과 같은 곳이다. 어서 이곳을 벗어나 장안으로 가자."

조비는 위의 대군에 퇴각 명령을 내렸다. 하지만 벌써 위의 진영은 불길에 휩싸인 상태였다. 위의 용함과 병선 수천 척이 불에 타서 침몰하고 말았다. 이번 싸움으로 위는 일찍이 조조가 적벽대전에서 당한 만큼 손실을 입었다. 위는 많은 병력을 잃었다. 위가 버리고 간 막대한 양의 병선과 무기가 모두 오의 손안에 넘어갔다. 그 덕분에 오의 국력은 한층 강해졌다.

촉의 제갈량은 어린 황제를 보필하고 나라를 다스리는 일에 온 힘을 기울였다. 그러다 보니 촉의 백성들은 밤에도 문을 닫아 걸지 않을 만큼 평온한 생활을 했다. 거기에 몇 년 동안 풍년이 들어 백성들의 얼굴에 웃음이 끊이지 않았다.

그러한 때에 남만의 맹획이 촉의 국경을 침범했다는 소식이 날아들었다. 제갈량은 곧바로 유선에게 사실을 알렸다.

"남만은 반드시 정벌해야 할 곳입니다. 그렇지 않으면 뒷날 나라의 걱정거리가 될 것입니다. 제가 성도에 없는 동안 폐하께서 나랏일을 잘 돌봐 주십시오."

"남만은 매우 더운 곳이라 들었습니다. 그러니 다른 장수를 보내면 어떻겠습니까?"

유선이 걱정스러운 얼굴로 묻자 제갈량이 타이르듯 대답했다.

"제가 없어도 국경의 방비를 튼튼히 해 놓았으니 걱정하지 마십시오. 그리고 위는 오에게 패해 병력 손실을 입어 얼마 동안 다른 나라를 침범하지 못할 것입니다."

마침내 유선은 고개를 끄덕였다.

그날 제갈량은 오십만 대군을 이끌고 남쪽을 향해 나아갔다. 그때 관우의 셋째 아들인 관색이 제갈량을 찾아왔다. 깜짝 놀란 제갈량이 눈물을 흘리며 물었다.

"자네 아버지가 떠날 때 자네도 죽은 줄만 알았네. 도대체 지금까지 어디에 있었는가?"

"형주가 함락되었을 때 깊은 상처를 입고 숨어 있었습니다. 오늘 승상이 남만으로 출정하신다는 소식을 듣고 밤낮을 가리지 않고 달려왔습니다."

"자네를 이곳으로 오게 한 사람은 바로 관우 장군이네. 선봉에 합세하여 아버지에게 부끄럽지 않도록 최선을 다해 싸우게."

촉의 대군이 몰려들자 남만의 맹획은 건녕의 태수 옹개와 월준군의 태수 고정과 장가군의 태수 주포와 힘을 합쳐 맞섰다. 먼저 옹개와 고정이 병사를 이끌고 촉의 대군과 싸웠다. 하지만 옹개와 고정의 병사는 금세 촉의 대군에게 사로잡히고 말았다. 제갈량은 포로들을 옹개의 병사와 고정의 병사 두 편으로 나눠 가두고 일부러 소문을 냈다.

"고성은 본래 촉에 충성하는 자였다. 그러니 고정의 병사들은 풀어 줄 것이다. 그러나 옹개의 병사들은 모두 죽일 것이다."

소문을 들은 옹개의 병사들이 울부짖으며 제갈량에게 매달렸다.

"사실 저희는 고정의 병사입니다. 제발 살려 주십시오."

"고정의 병사라면 풀어 주겠다. 너희의 주인인 고정은 정직하고 의리 있는 사람이다. 그런 고정이 촉을 배신할 리가 없다. 오직 옹개와 주포에게 속아 넘어간 것이다. 옹개가 내게 자신의 땅을 보장해 주면 언제라도 고정과 주포의 목을 가지고 오겠다고 했다. 나는 고정의 충절과 의리를 믿기에 옹개의 뜻을 받아들이지 않았다."

풀려난 병사들은 진영으로 돌아가자마자 고정에게 제갈량의 말을 전했다.

"옹개를 믿어서는 안 됩니다."

화가 난 고정은 밤을 틈타 옹개의 진영으로 쳐들어갔다. 하지만 옹개의 부하들은 싸울 마음이 없었다. 대부분이 고정에게 항복했다. 그러다 보니 옹개는 제대로 싸워 보지도 못하고 혼자 도망치다 고정에게 목이 달아났다.

새벽녘 고정은 옹개의 목을 들고 제갈량을 찾아갔다. 그러자 제갈량이 버럭 화를 냈다.

"당장 고정의 목을 베어라!"

고정은 눈이 휘둥그레졌다.

"승상께서 저를 믿고 아끼신다는 이야기를 듣고 항복하러 왔는데 어찌 저를 죽이려고 하십니까?"

"내가 어찌 네 계략에 속아 넘어가겠느냐. 벌써 주포가 나를 찾아와 항복하고 상황을 알려 주었느니라. 그러니 네가 가져온 옹개의 머리는 가짜다. 네놈이 옹개와 짜고 거짓으로 항복한 것이 틀림없다."

제갈량이 엄하게 말했다.

"승상, 처음부터 이 싸움에 저를 끌어들인 자가 주포입니다. 한데 지금에 와서 저한테 떠넘기고 자기 혼자 살겠다고 하니 참으로 억울합니다. 승상, 부디 제 목숨을 며칠만 살려 주십시오. 당장 주포의 목을 쳐서 죗값을 치르게 한 뒤에 승상의 처분을 달게 받겠습니다."

고정은 눈물을 흘리며 애원했다.

"좋다, 그렇게 하도록 하라."

며칠 뒤 고정이 다시 제갈량을 찾아왔다. 고정은 제갈량 앞에 주포의 머리를 내려놓았다.

"이것은 진짜 주포의 머리입니다."

제갈량이 큰 소리로 웃었다.

"그대에게 큰 공을 세우게 하기 위해 내가 잠시 그대를 속인 것이다. 너무 서운하게 생각하지 말라."

제갈량은 고정을 익주 삼 군의 태수로 임명했다. 그 뒤로 촉의 경계를 침범하는 세력이 자취를 감추었다. 익주도 조금씩 안정을 되찾았다. 하지만 남만의 맹획을 물리치기 위해서는 아직 넘어야 할 산이 많았다.

하루는 마속이 황제의 명을 받고 제갈량을 찾아왔다.

"황제 폐하께서 원정군의 노고를 위로하기 위해 술과 비단을 내리셨습니다."

제갈량은 술과 비단을 장병들에게 나눠 주고 마속과 술을 마시며 이야기를 나누었다.

"남만 원정에 대해 그대의 생각을 듣고 싶네."

"그동안 남만을 쳐서 성공한 적이 없지만, 승상께서 대군을 이끌고 싸우시면 반드시 성공할 것입니다. 하지만 다시 성도로 돌아오시면 남만 사람들은 곧바로 본래의 상태로 돌아가 난을 일으킬 틈을 엿볼 것입니다."

"오랑캐들을 진심으로 따르게 하려면 어떻게 하는 게 좋겠는가?"

"병사를 부릴 때 마음을 굴복시키는 게 가장 좋은 방법이요, 무력으로 굴복시키는 게 가장 나쁜 방법이라 했습니다. 바라건대 승상께서 그들의 마음을 굴복시키면 그들도 진심으로 승상을 따를 것이라 믿습니다."

마속의 말에 제갈량은 고개를 끄덕였다.

다음 날 제갈량은 백우선*을 손에 든 채 네바퀴 수레를 타고 오십만 대군과 함께 낯선 남방의 길을 나아갔다. 제갈량이 온다는 소문이 꼬리에 꼬리를 물고 전해지자 남만의 맹획도 대군을 일으켰다.

"촉의 병사들은 나약하여 이 험준한 봉우리를 올라올 수 없을 것이다."

하지만 촉의 군대는 달빛을 이용해 그 아래 골짜기까지 나아갔다. 그러고는 샛길을 따라 남만의 진영을 급습했다. 함성과 함께 여기저기서 불길이 일자 남만의 군대는 혼란에 빠졌다. 계곡으로 뛰

백우선 제갈량이 사용하던 하얀 부채.

어내리다 머리를 다쳐 죽은 사람, 나무에 올라가다 불에 타 죽은 사람, 또 칼과 창을 맞고 죽은 사람 등 그 수를 헤아릴 수가 없었다.

"남만의 왕, 맹획은 어디 있느냐?"

제갈량이 소리치자 맹획이 적토마를 타고 달려 나왔다. 그는 깃털을 달고 보석을 박은 관을 쓰고 술이 달린 붉은색 비단 전포를 입고 있었다. 또한 맹획은 매의 부리 모양을 한 녹색 가죽신을 신고 있었다.

맹획은 소나무를 새긴 칼 두 자루를 양손에 든 채 거만하게 말했다.

"다들 제갈량을 두려워하는데, 내 눈에는 그저 한 마리 코끼리나 표범보다도 못하구나."

맹획이 맹렬한 기세로 달려들었다. 그러자 촉의 장군 왕평이 일부러 도망치기 시작했다. 맹획은 적토마를 타고 쫓아갔지만 쉽게 포위되었다. 맹획은 길을 바꿔 봉우리 쪽으로 내달렸다. 이번에는 바위와 나무 뒤쪽에서 촉의 장병들이 북을 치며 쫓아왔다. 그중에는 조운이 있었다. 맹획은 계곡으로 건너뛰고 늪을 가로질러 도망쳤다. 하지만 촉의 장병들이 이미 사방을 철통처럼 둘러싸고 있었다. 맹획은 말을 버린 채 산을 타고 올랐다. 봉우리 위에 이르러 한숨을 돌리나 싶었는데 그만 조운에게 붙잡히고 말았다.

조운이 맹획을 제갈량 앞으로 끌고 갔다. 맹획은 제갈량을 향해 맹수처럼 송곳니를 드러내며 달려들 기세였다. 하지만 제갈량은 맹획을 향해 부드럽게 말했다.

"일찍이 촉의 유비 황제께서는 그대를 각별히 아끼셨는데 그 은혜를 저버리고 위와 내통하여 배신한 것은 무슨 까닭인가?"

맹획이 코웃음을 쳤다.

"본래 양천 땅은 유비나 유선의 땅이 아니다. 익주의 남쪽 역시 내 땅이다. 그러니 내가 무엇을 하든 내 마음이다. 국경을 침범했다거나 배신을 했다거나 하는 말은 맞지 않는 말이다. 어쩌다 너희가 나를 사로잡아 몸은 묶었겠지만 마음은 묶어 두지 못할 것이다."

"진심으로 굴복하지 않는다면 어쩔 수 없구나. 밧줄을 풀어 주고 보내 주도록 하마."

"좋다. 나를 풀어 준다면 반드시 본때를 보여 주마. 결코 네게 패할 맹획이 아니다."

"그럼 풀어 줄 테니 다시 오도록 하라. 네가 진심으로 굴복할 때까지 너와 싸워 주마."

제갈량의 말에 부하들이 어리둥절해 하며 맹획을 풀어 주었다. 맹획은 뒤도 돌아보지 않고 어딘가로 사라졌다. 그 뒤 부하들이 제갈량에게 불평을 늘어놓자 제갈량이 웃으며 말했다.

"맹획과 같은 자를 사로잡는 것은 주머니 속에서 물건을 꺼내는 일보다 쉬운 일이오."

맹획이 돌아왔다는 소식을 듣고 여기저기 숨어 있던 남만 병사들이 다시 모여들었다.

"촉군에 붙잡히셨는데, 어떻게 무사히 돌아오셨습니까?"

남만 병사들이 의아한 표정으로 물었다.

"운이 나빠 촉군에 잡혔지만 밤에 감옥을 부수고 적병들을 죽이고 도망쳤다. 적병들이 내 앞을 가로막았지만 그들을 물리치고 말을 빼앗아 돌아온 것이다."

맹획은 아무 일도 없었다는 듯 말했다. 남만 병사들은 그 말을 그대로 믿었다.

"제갈량과 싸우는 방법은 그와 싸우지 않는 것이다. 그와 싸우면 반드시 그의 계략에 빠지고 말 것이다. 촉의 군대는 천 리나 떨어진 낯선 곳에 와 있다 보니 더위에 지쳐 있다. 이제 우리는 험준한 산과 절벽을 따라 성을 짓고 오로지 방어에 힘써야 할 것이다. 그다음에는 저들이 지쳐 쓰러질 때를 기다려 공격할 것이다."

하룻밤 사이에 남만의 군대가 자취도 남기지 않고 후퇴하자 촉의 장병들은 의아해했다. 하지만 제갈량은 그날 바로 진군 명령을 내렸다.

"각 부대는 높은 곳이나 숲속의 시원한 곳을 찾아 막사를 지어라. 함부로 나가 싸우지 말고 쉬면서 병에 걸리지 않게 건강에 신경 쓰도록 하라."

제갈량은 마대에게 명을 내렸다.

"장군은 유사구로 가서 남만의 군대가 군량을 운반하는 통로를 차단하게."

마대가 병사들을 이끌고 유사구에 와 보니 강바닥이 얕아 배와 뗏목도 없이 걸어서 강을 건널 수 있었다. 그런데 강을 중간쯤 건너자 사람과 말이 강물에 휩쓸려 떠내려가기 시작했다. 마대는 놀라 급히 병사를 물리고 마을 사람에게 그곳 사정을 물었다.

"그곳은 독하입니다. 물속에 독이 떠다니고 있어 낮에 그곳을 건너다 물을 마시면 죽게 됩니다. 하지만 밤이 되어 날이 시원해지면 독도 사라집니다."

마대는 나무와 대나무를 엮어 뗏목을 만들고, 한밤중에 병사를 이끌고 무사히 강을 건넜다. 그런 다음 산골짜기에서 진을 치고 있다 그곳을 지나는 남만의 운송 부대의 물품을 모두 빼앗았다.

그 사실을 알게 된 맹획이 노발대발 화를 냈다.

"뭐라, 운송로가 끊어졌단 말이냐? 당장 마대의 목을 베어라."

싸우지 않고 지키기만 하겠다던 맹획은 군량이 떨어지자 계획을 바꿀 수밖에 없었다. 하지만 남만의 병사들은 마대의 군대와 싸워 이길 수 없었다. 급기야 병사들은 맹획에게 분노를 퍼부어 댔다.

"그동안 한 번도 다른 군대가 침략해 온 적이 없었어. 그런데 맹획이 간사한 꾀로 위와 내통한 뒤 일이 이렇게 되고 말았지. 다 같이 가서 맹획을 죽이고 제갈량에게 항복하자."

남만의 병사들은 곧바로 맹획을 향해 달려들었다. 그러자 맹획은 아무 저항도 하지 못하고 사로잡혔다.

제갈량은 온몸이 꽁꽁 묶여 있는 맹획의 모습을 보고는 큰 소리로 웃었다.

"맹획, 또 잡혀 왔는가?"

맹획이 분노에 찬 눈을 부라렸다.

"내 이곳에 다시 왔지만 네게 붙잡혀 온 것이 아니다."

"누구의 손에 붙잡혔든 한 나라의 우두머리란 자가 밧줄에 묶여 있다는 것은 이미 권위가 땅에 떨어진 것이다. 그러니 차라리 이번 기회에 깨끗하게 항복하는 것이 어떻겠느냐?"

맹획은 침을 뱉으며 머리를 흔들었다.

"나 혼자서라도 싸우겠다."

"하하하, 그게 무슨 말이냐. 너는 이미 사로잡혀 내 앞에서 손가락 하나도 움직이지 못하는 몸이 아니더냐. 지금 내가 네 목을 치라고 명하면 네 목은 곧바로 떨어질 것이다. 하지만 남만의 왕인 너를 죽이기에는 참으로 아깝구나."

"그럼 나를 다시 한 번 놓아주어라. 다시 각 동의 우두머리를 모아 촉의 군대와 겨루어 보겠다. 그때도 패한다면 남만 사람들을 모두 이끌고 와서 떳떳하게 항복하겠다."

제갈량은 밧줄을 풀어 주었다.

"그래, 다음에는 어디 마음껏 싸워 보거라. 다시는 내 앞에서 추한 모습을 보이지 말라."

제갈량의 말이 떨어지자마자 맹획은 표범처럼 산속으로 뛰어갔다.

일곱 번 사로잡아 일곱 번 풀어 주다

맹획은 자신의 진영으로 돌아와 각 동의 우두머리를 불러 모았다.

"제갈량은 불사신인 나를 죽이지 못한다. 촉의 진중을 휘젓고 다니고 칼을 부러뜨리는 일은 내게 식은 죽 먹기나 마찬가지다."

맹획은 각 동의 우두머리에게 기세등등하게 명령했다.

"자, 촉의 군대를 치러 가자. 모두 나를 따르라."

각 동의 우두머리는 맹획의 말을 믿고 병사들을 이끌고 맹획의 뒤를 따랐다.

맹획은 먼저 마대를 공격하러 달려갔지만 촉의 군대는 북쪽 강기슭으로 물러간 상태였다.

"아뿔싸, 한발 늦었구나."

기운이 빠진 맹획은 다시 진영으로 돌아왔다. 그즈음 동생 맹우가 형을 돕기 위해 병사를 이끌고 왔다. 두 사람은 밤늦게까지 작전을 짰다.

다음 날, 맹우는 부하 백 명과 함께 촉의 진영으로 갔다. 맹우와 그의 부하들은 하나같이 구릿빛 피부에 머리는 붉고 눈은 푸른색이었다. 또한 그들은 반나체에 맨발인 데다 짐승의 뼈로 만든 발찌와 물고기 눈으로 만든 팔찌를 차고 머리에는 하얀 공작의 깃털을 장식하는 등 기묘한 모습을 하고 있었다.

"저는 맹획의 아우인 맹우입니다. 제 형님을 대신해 정식으로 항복을 청하러 왔습니다."

"잠시 기다려라."

마대가 제갈량에게 다가가 보고했다.

"이제 맹획을 세 번 사로잡는 계책을 써야겠구나."

제갈량은 웃으며 중얼거렸다. 그러고는 조운을 불러 계책을 내리고, 위연과 왕평, 마충, 관색 등에게도 명을 내렸다. 그러고는 맹우를 불러 왜 갑자기 항복을 하게 되었는지 물었다. 맹우가 땅에 엎드려 말했다.

"형님은 두 번이나 승상의 은혜로 목숨을 부지했으면서도 군대를 일으켰습니다. 하지만 각 동의 우두머리들이 모두 반대하며 설득하자 마침내 형님도 승상의 온정을 깨닫고 항복하기로 마음먹었습니다. 그런데 부끄럽다며 저를 대신 보내 이렇게 뜻을 전해 달라 했습니다. 곧 형님도 황제께 올릴 재물을 싣고 이곳으로 올 것입니다."

맹우는 남만 사람 치고는 드물게 말솜씨가 좋았다. 제갈량은 맹우를 기쁘게 맞이하는 척하고 그를 위해 잔치까지 베풀었다.

그날 저녁 무렵 맹획은 병사들과 함께 유황과 기름과 마른 장작 등을 싣고 촉의 진영으로 향했다. 얼마쯤 지난 뒤 맹획이 앞을 가리키며 소리쳤다.

"저것이 제갈량이 있는 진영이다."

남만의 군대는 일제히 촉의 진영으로 뛰어들었다. 그런데 어찌 된 일인지 촉의 진영 안에는 화톳불만 환하게 밝혀져 있을 뿐 아무도 일어서지 않았다. 게다가 엎드려 있는 사람은 모두 맹우의 부하였다. 맹우도 한가운데 널브러져 괴로운 듯 버둥거렸다.

"맹우, 무슨 일이냐?"

맹획은 동생을 일으켜 세웠지만 대답도 제대로 듣지 못했다. 그들은 모두 독주를 마신 것이었다. 그런 줄도 모르고 남만의 병사들은 여기저기에 기름통을 던지며 불을 놓고 있었다.

"멈춰라, 밖에서 불을 던지면 안에 있는 아군이 불에 타 죽고 말 것이다."

맹획이 병사들을 향해 소리 지르며 달아나자 위연이 창을 들고 쫓아왔다. 맹획이 반대쪽으로 도망치자 이번에는 조운이 군대를 이끌고 쫓아왔다.

"맹획, 이제 네놈의 운도 다했다."

결국 맹획은 촉의 장군들에게 붙잡혀 제갈량 앞에 무릎을 꿇게 되었다.

"맹획, 또 왔느냐?"

"오늘 밤 패배는 어리석은 동생 녀석이 술을 마셨기 때문이다. 그러니 싸움에서 졌다고는 생각하지 않는다."

"나는 오늘까지 너를 세 번이나 사로잡았다. 더는 너를 놓아줄 수 없으니 네 목을 치겠다. 마지막으로 하고 싶은 말은 없느냐?"

맹획은 이전과는 달리 당황하며 말했다.

"다시 한 번 나를 풀어 주어라. 꼭 한 번이면 족하다."

"마지막 한 번으로 무엇을 하려느냐?"

"떳떳하게 싸우고 싶다. 다시 잡히면 그때는 내 목을 쳐도 좋다."

제갈량이 큰 소리로 웃더니 칼을 뽑아 맹획의 밧줄을 잘랐다.

"맹획, 다음번에는 절대로 억울하지 않게 잘 준비해 오너라."

그렇게 맹획은 뒤도 돌아보지 않고 어둠 속으로 사라졌다.

맹획은 멀리 물러난 뒤 재기할 기회만 엿보았다. 그러던 어느 날 맹획은 거대한 군대를 꾸리게 되었다.

"됐다. 이만한 대군이면 촉의 군대도 겁을 먹을 것이다."

남만의 군대는 촉의 진영 앞까지 다가갔다. 그러고는 날마다 뿔피리를 불고 징을 울리고 북을 치며 촉의 군대를 놀려 댔다. 하지만 촉의 군대는 쥐 죽은 듯 고요했다.

"제갈량은 계략이 능한 자이니 자칫 잘못하면 그 계략에 빠질 수 있다."

다음 날 아침 맹획은 촉의 진영 한 군데를 부수고 쳐들어갔다. 수레 수백 대에 군량이 그대로 쌓여 있고 잠을 잔 흔적이나 밥을 해 먹은 흔적만 남아 있을 뿐, 말이나 사람은 보이지 않았다.

"이 꼴을 보니 몹시 급했던 모양이구나. 제갈량이 이렇게 서둘러 물러간 것을 보면, 촉에 오나 위가 쳐들어왔던 게 틀림없다. 자, 어서 뒤를 쫓아 한 놈도 놓치지 말고 죽여라."

맹획은 군대를 이끌고 급히 남쪽 기슭까지 나아갔다. 그곳에서 북쪽 절벽을 보니 마치 긴 성과 같은 성루가 보였다. 망루만 해도 수십여 개나 되고 깃발이 늘어서 있었다.

"저렇게 해 두고 북으로 퇴각하려는 수작이다. 두고 봐라, 며칠 동안 깃발만 나부낄 뿐 촉의 병사는 한 명도 남아 있지 않을 것이다."

맹획은 눈을 반짝이며 중얼거렸다.

그런데 바로 그날 밤, 사방에서 북소리가 울려 퍼졌다. 자고 있던 남만의 병사들은 벌떡 일어나 주변을 둘러보았다. 어느새 사방팔방에서 불길이 치솟아 거대한 벽을 이루고 있었다.

"당했다."

맹획은 간신히 불길을 뚫고 밖으로 뛰어나왔다. 그러자 조운이 기다렸다는 듯 그를 쫓아왔다. 맹획은 기진맥진하여 서쪽 산기슭으로 내려갔다. 하지만 저편 야자수 숲에서 사륜거*를 탄 제갈량이 오고 있었다. 맹획은 악몽을 꾼 것처럼 비명을 지르며 뒤돌아 도망쳤다.

"맹획, 왜 꽁무니를 빼고 도망치느냐? 이제는 이 제갈량을 이길 자신이 없어졌느냐?"

얼마 뒤 맹획은 촉의 병사가 미리 파 놓은 함정으로 떨어지고 말았다.

사륜거 바퀴가 네 개 달린 수레.

"참으로 뻔뻔하구나. 어찌하여 다시 내게 사로잡혔단 말이냐? 그러고도 남만의 왕이라 할 수 있느냐?"

맹획도 이번에는 부끄러운지 눈을 감은 채 그저 입을 꾹 다물고 있었다.

"더는 풀어 줄 수가 없으니, 네 목을 칠 것이다."

맹획은 머리를 세차게 흔들며 금방이라도 눈물이 쏟아질 듯한 눈으로 고함을 쳤다.

"만약 다시 한 번 나를 풀어 준다면 내 반드시 다섯 번째에는 이 치욕을 갚을 것이다. 제갈량, 한 번만 더 나와 싸우자."

제갈량은 긴 한숨을 내쉬더니 입을 열었다.

"좋다. 여봐라, 밧줄을 풀어서 돌려보내라."

제갈량은 남몰래 싱긋 웃으며 발을 돌렸다.

맹획이 다섯 번째로 제갈량에게 사로잡히기까지는 그리 오래 걸리지 않았다.

"맹획, 이번에는 진심으로 항복하겠느냐?"

"내가 언제 네게 사로잡혔더냐. 나를 사로잡은 건 배신자의 밧줄이다. 나는 남만의 국왕이다. 남만의 중심인 운남성에서 나를 사로잡는다면 너를 인정하겠다."

맹획은 여전히 기세등등했다.

제갈량우 다섯 번째로 맹획을 풀어 주면서 말했다.

"네가 원하는 땅에서 네가 원하는 조건으로 다시 한 번 겨루도록 하자."

며칠 뒤 촉의 대군은 삼강성을 점령하고 운남성 가까이까지 쳐들어갔다. 맹획이 당황해 하자 맹획의 아내 축융 부인이 깔깔거리며 웃었다.

"당신은 사내대장부로 태어나 자존심도 없단 말입니까. 적을 앞에 두고 그렇게 전전긍긍해서야 어찌 남만의 왕이라 할 수 있습니까. 비록 여자의 몸이지만 제가 나가 싸우겠습니다."

축융 부인은 대대로 남만에서 살아온 축융씨의 후예였다. 그녀는 말을 탈 줄 알았고 활도 잘 쏘았다. 특히 비도라고 불리는 단검을 던졌다 하면 백발백중이었다.

다음 날 축융 부인은 맨발로 자신의 말을 타고 나갔다. 그녀는 등에 단검 일곱 자루를 끼고 손에 한 길이 넘는 창을 비껴들고 촉의 병사들 사이를 휘젓고 다녔다. 하지만 조운이 싸움을 걸자 축융 부인도 도망칠 수밖에 없었다.

맹획과 축융 부인은 여섯 번째 공격을 성공하기 위해 사자, 호랑이, 코끼리, 표범과 같은 맹수 천 마리를 준비했다. 그런 다음 동물 떼를 한꺼번에 풀어 촉의 군대를 향해 달려들게 했다. 촉의 병사들은 도망치느라 바빴다.

제갈량은 병사들에게 상황을 전해 듣고는 소리 내어 웃었다.

"남만에서는 승냥이와 이리, 호랑이와 표범을 부리는 병법이 있다고 들었는데 바로 이것을 두고 한 말인 듯하구나. 다행히 촉을 떠나올 때부터 대책을 세워 놨으니 안심하여라."

제갈량은 이내 병사들에게 명령하여 수레를 끌고 오게 했다.

이윽고 병사들이 수레 스무 대를 끌고 왔다.

"천을 모두 벗겨라."

수레 열 대에는 검은 궤짝이, 나머지 수레 열 대에는 붉은 궤짝이 실려 있었다. 그 속에는 나무를 깎아 만든 사자, 호랑이, 코뿔소와 같은 무서운 짐승들이 들어 있었다.

이튿날, 나무로 만든 맹수들은 다리에 수레를 달고 입으로 불을 뿜고 기이한 소리를 내며 돌진했다. 그러자 살아 있는 호랑이와 표범, 이리 등은 그 괴이한 소리와 커다란 덩치에 놀라 줄행랑을 쳤다. 나무로 만든 맹수 속에는 병사 열 명이 들어가 있었다. 불을 뿜는 것도, 울부짖는 것도, 움직이는 것도 모두 이들이었다. 이들이 내부에서 장치를 움직였던 것이다. 모두 제갈량이 만든 획기적인 무기였다.

드디어 촉의 군대는 운남성을 점령했고 맹획과 축융 부인도 사로잡히고 말았다. 하지만 이번에도 제갈량은 맹획을 풀어 주었다.

"네 소굴까지 내게 넘어왔으니 이제 네게 무슨 힘이 있겠느냐. 자, 어디 네 마음껏 다시 싸워 보아라."

맹획은 더는 큰소리칠 힘도 없는 듯 머리를 감싸고 도망쳐 버렸다.

나라도 성도 잃은 맹획은 갈 곳을 잃고 헤맸다. 그렇다고 이대로 물러날 수만은 없었다.

맹획은 오과국의 왕 올돌골을 찾아가 도움을 청했다. 올돌골은 맹수와 뱀을 먹고 살았다. 게다가 올돌골에게는 등나무를 수십 차례 기름에 담가 햇빛에 말려 만든 갑옷을 입은 등갑군이 있었다. 등

아무로 만든 갑옷인 등갑은 물에 젖지 않고 가볍다 보니 등갑군은 강을 건널 때에도 배를 이용하지 않고 물에 몸을 띄워 자유자재로 헤엄쳤다. 등갑은 칼과 화살이 뚫지 못할 정도로 강했다.

맹획의 이야기를 들은 올돌골은 흔쾌히 맹획을 돕기로 하고 바로 등갑군을 내보냈다.

등갑군은 강을 건너 촉의 군대를 향해 달려들었다. 촉의 병사들이 아무리 화살을 쏘아도 칼을 휘둘러도 소용없었다.

"모두 퇴각하라."

촉의 군대가 도망치기 시작하자 올돌골은 여유롭게 군대를 이끌고 진영으로 돌아갔다. 등갑병은 마치 소금쟁이 떼가 헤엄치듯 강을 건넜다.

그 뒤로 올돌골의 등갑병이 공격할 때마다 촉의 군대는 싸우다 도망치고 또다시 싸우다 도망치기를 반복했다.

"적은 싸울 때마다 도망치기 바쁘구나. 자, 이제는 적을 쫓아 모조리 죽여라!"

올돌골의 등갑병은 기세를 올리며 촉의 군대를 쫓았다. 하지만 깊은 골짜기에 이르렀을 때 갑자기 천지를 뒤흔들며 거대한 바위와 나무가 올돌골과 등갑병의 머리 위로 떨어졌다. 게다가 떨어진 바위와 나무로 길까지 막혀 버렸다. 그때 어디선가 불길이 일더니 골짜기가 금세 불지옥으로 변했다. 마침내 오과국의 등갑군은 모두 불타 죽고 말았다.

그 무렵 촉의 장군들은 도망가는 맹획을 쫓아 사로잡았다. 하지

만 제갈량은 또다시 맹획을 풀어 주라고 명을 내렸다.

"승상, 잠깐 기다려 주시오."

갑자기 맹획이 우는 듯한 목소리로 외치더니 제갈량의 옷자락을 붙잡았다. 제갈량이 곁눈으로 쳐다보자 맹획이 이마를 땅에 찧으며 말했다.

"제 잘못을 용서해 주십시오. 내 비록 배우지 못하고 무식한 자이지만 일곱 번 사로잡아 일곱 번 풀어 줬다는 얘기는 들은 적이 없습니다. 어찌 이런 큰 은혜를 저버릴 수 있겠습니까. 부디 용서해 주십시오."

"흐음, 진심으로 하는 말인가?"

"어찌 이제 와서 거짓을 말하겠습니까."

제갈량은 무릎을 치며 직접 맹획의 밧줄을 풀어 주었다.

"이제야 내 마음이 통한 듯하여 참으로 기쁘기 그지없소이다."

"승상의 큰 은혜와 황제의 은덕을 두 번 다시 거역하지 않겠습니다."

"그대의 죄는 모두 이 제갈량이 질 것이며, 이 제갈량의 공은 그대에게 양보할 것이오. 그러니 그대는 오랫동안 남만의 왕으로서 백성들을 사랑으로 다스려 주시오."

그 말을 들은 맹획은 두 손으로 얼굴을 가리고 참회의 눈물을 흘렸다.

며칠 뒤 제갈량과 촉의 군대가 북으로 돌아간다는 소식을 듣고 남만의 백성들이 앞다퉈 진귀한 보물과 향료*, 붉은 옻*칠 염료, 약

재, 짐승 가죽, 소와 말 등을 가지고 나왔다.

"앞으로 황제께 올릴 공물도 빠뜨리지 않을 것이며 어떠한 명도 거역하지 않을 것입니다."

남만의 왕 맹획을 비롯한 각 동의 우두머리들이 북을 치며 마중을 했다. 제갈량이 부하들에게 중얼거리듯 말했다.

"맹획이 살아 있는 동안에는 남만은 두 번 다시 배반을 꾀하지 않을 것이다."

향료 향기가 나게 하는 물질. | **옻** 가구, 나무 등이 반짝거리도록 바르는 물질로, 옻나무의 진으로 만듦.

기러기를 놓아주고 봉황을 얻다

유선은 제갈량이 돌아왔다는 소식을 듣고 궁궐 밖까지 마중을 나왔다. 유선을 본 제갈량은 사륜거에서 내려 땅에 머리를 조아렸다.

"이렇듯 승상이 무사한 것을 보니 짐은 그저 기쁘기만 합니다."

유선은 제갈량을 일으켜 세우고 나란히 성안으로 들어갔다.

제갈량은 이번 원정에서 전사한 병사들의 가족을 찾아 위로했다. 또한 그동안 못다 한 나랏일을 돌보는 데 힘을 쏟았다.

한편 위의 조비는 그해 5월 여름, 마흔 살이라는 젊은 나이에 병으로 죽고 말았다. 조비의 유언으로 태자 조예가 황제의 자리를 이어받았다. 얼마 뒤 사마의는 서량 태수가 되었다. 이러한 소식은 촉의 성도에도 전해졌다.

어느 날 마속이 제갈량을 급히 찾아왔다.

"사마의가 스스로 청해서 서량으로 갔다고 합니다."

마속의 말에 제갈량이 무겁게 입을 열었다.

"조예가 황제 자리에 오른 것은 그다지 걱정할 일이 아니지만 사마의는 뒷날 촉에 걱정거리를 가져올 사람일세."

"그러니 사마의의 서량 부임을 그냥 두고만 봐서는 안 될 듯싶습니다."

"지금 그를 쳐야 하겠는가?"

"아닙니다. 남만 원정이 끝난 지 얼마 되지 않았습니다. 제게 맡겨 주시면 조예를 이용해 병사를 쓰지 않고 사마의의 목숨을 빼앗도록 하겠습니다."

마속이 이어 말했다.

"사마의는 분명 몸을 피하고 싶다는 생각에 서량으로 간 것입니다. 그러니 위의 신하들은 그의 행동을 의심쩍어 할 것입니다. 이때 사마의가 배반을 꾀하고 있다는 소문을 퍼뜨리는 것입니다."

"그렇다면 곧바로 일을 꾸며 보세."

그 뒤 제갈량과 마속의 뜻대로 거짓 소문은 순식간에 퍼져 나갔다. 소문을 들은 조예는 놀라지 않을 수 없었다.

"대체 사마의가 위에 원한을 품을 이유가 무엇이란 말이오?"

"조조 황제께서는 일찍이 그를 꿰뚫어 보시고 군사와 관련된 일에는 쓰지 않으셨습니다. 아마도 사마의는 문서로 병법을 깨우치며 때를 기다렸을 것입니다."

"더 늦기 전에 사마의를 물러나게 해야 합니다."

신하들의 말에 조예는 직접 사마의를 만나러 가기로 했다.

이윽고 조예가 왕궁 밖으로 행차하자 사마의가 병사들을 이끌고 마중을 나왔다.

"사마의는 들어라. 너는 어찌 나라를 배반하려 드느냐?"

조예가 호통을 쳤다.

"신이 서량으로 온 것은 은밀히 촉과 오를 치려는 뜻이 있었기 때문입니다."

사마의가 땅에 엎드려 눈물을 흘렸다.

조예는 사마의의 말에 마음이 움직였지만 위의 신하들은 여전히 사마의의 말을 믿지 않았다. 조예는 할 수 없이 신하들의 뜻에 따라 사마의의 관직을 빼앗고 그를 고향으로 보낼 수밖에 없었다.

얼마 뒤 그 이야기를 들은 제갈량이 기뻐하며 말했다.

"사마의가 서량을 떠났다고 하니 이젠 걱정거리가 사라졌구나."

제갈량은 며칠 동안 문을 닫고 밖으로 나오지 않았다. 그러던 어느 날 밤, 제갈량은 북벌*을 결심하고 유선에게 올리는 글을 썼다. 그것은 바로 출사표였다.

출사표에는 유비가 뜻을 이루지 못하고 떠났지만 셋으로 나뉜 천하를 통일하기 위해 북을 평정해야 한다는 이야기가 구구절절* 담겨 있었다.

제갈량이 출사표를 올리자 유선이 말했다.

"승상께서 남방을 평정*하고 돌아오신 지 겨우 일 년밖에 지나지 않았습니다. 그런데 또다시 이전보다 더 큰 싸움에 임하시는 것은

북벌 군대를 가지고 북쪽 지방을 공격하는 것. | **구구절절** 내용이 매우 자세하고 간곡하다.
평정 적을 물리치고 평온하게 진정시키다.

아무리 생각해도 무리인 듯싶습니다. 나라를 위해서라도 조금 더 쉬며 몸을 돌보시는 것이 좋을 듯합니다."

"황송한 말씀이오나, 신은 유비 황제의 유언을 들은 이래로 그 뜻을 이루지 못할까 봐 늘 애를 태웠습니다. 이제 제 나이도 오십 줄을 앞두고 있으니 지금 그 뜻을 이루지 못하면 늙어서 후회할 것입니다."

제갈량의 뜻에 따라 위를 공격하기 위해 삼 군의 정비가 이루어졌다.

마침내 출정을 앞두고 제갈량이 유선에게 인사를 하러 갔다. 유선은 눈물을 머금고 제갈량의 손을 붙잡았다.

"승상, 부디 몸을 잘 돌보시길 바랍니다."

"너무 걱정하지 마십시오. 제가 이곳에 없다고 하더라도 폐하의 곁에는 충성스러운 신하들이 있습니다. 폐하를 도와 나라를 잘 돌볼 것입니다."

대규모 군대가 원정에 나서는 것은 성도가 생긴 뒤 처음 있는 일이었다. 그날 백성들은 모두 일을 쉬고 거리로 나와 떠나는 사람들을 배웅했다. 유선은 신하들과 함께 북문 밖까지 나와 제갈량을 바라보았다.

위는 촉이 전쟁을 하기 위해 떠났다는 소식을 듣고 큰 충격에 빠졌다.

"제갈량이 쳐들어온다고 하는데, 누가 그를 막을 것이냐?"

조예가 신하들을 향해 물었지만 재빨리 나서는 사람이 없었다. 그러자 조조의 공신으로 한중 싸움에서 목숨을 잃은 하후연의 아들 하후무가 나섰다.

"지금 촉군이 향하고 있는 곳도 한중이고 제 아버지가 돌아가신 곳도 한중입니다. 나라의 은혜에 보답하는 것이 자식 된 도리이자 신하의 의무인 줄 아옵니다."

조예는 하후무에게 이십만 병사를 내주며 제갈량을 무찌르라고 명했다.

하후무는 서량 강족의 대장 한덕에게 선봉을 맡겼다.

"위와 촉의 첫 번째 싸움으로 병사들의 사기가 걸린 중요한 순간이다. 전력을 다해 공을 세우도록 하라."

"제게는 강한 병사 팔만 명과 아들 네 명이 있으니 촉군을 무찌르기에 충분합니다."

한덕은 자신만만하게 나아갔다. 하지만 그는 끝내 하후무의 계책을 눈치채지 못했다. 하후무는 자신의 군대에 피해를 주지 않고 촉의 선봉을 시험하기 위해 한덕을 이용한 것이다.

한덕은 촉의 선봉을 맡은 조운과 싸우다 아들 넷을 모두 잃고 말았다. 결국 한덕은 크게 패하고 장안으로 도망쳤다.

"한덕이 저토록 힘도 못 쓰고 패한 것을 보면 내가 적을 너무 무시한 듯하구나. 지금 적의 선봉을 깨지 않으면 촉의 사기만 높여 줄 뿐이다."

하후무는 직접 대군을 이끌고 장안을 나와 촉의 진영을 살폈다.

그러고는 노장 조운이 씩씩하게 돌아다니는 것을 보며 말했다.

"내일은 내가 나가서 저 늙은이의 목을 치겠다."

하후무는 계책을 세우고 다시 군대를 일으켰다.

그 소식을 들은 조운이 공격을 준비하자 등지가 말렸다. 하지만 조운은 등지의 말을 듣지 않고 공격에 나섰다. 닥치는 대로 칼과 창을 휘둘렀는데, 어느 순간 뒤를 돌아보니 퇴로가 끊기고 말았다.

날이 저물도록 조운은 위의 포위망에서 빠져나오지 못했다.

'마침내 하늘이 이곳에서 내게 죽음을 내리시는구나!'

조운은 지친 몸을 이끌고 나무 아래에 앉아 달을 바라보았다. 그때 어디선가 돌이 비처럼 쏟아지고 산사태가 난 듯 바위가 굴러떨어졌다.

조운은 숨 돌릴 틈도 없이 다시 지친 말에 올라 채찍을 가했다. 그러자 앞쪽에서 관흥과 장포가 달려왔다.

"자네들이 여기까지 어떻게 왔는가?"

"승상께서 위험을 예측하시고 장군을 도우라는 명을 내리셨습니다."

"아, 역시 승상은 뛰어난 분이시다. 어서 그대들은 위의 군대를 쫓아 반드시 하후무의 목을 치도록 하라."

"알겠습니다. 그럼 다녀오겠습니다."

관흥과 장포는 군대를 이끌고 달려갔다. 조운은 한참 동안 그들의 뒷모습을 바라보았다.

'지하에 있는 관우와 장비가 기뻐하겠구나. 나도 이제 나이를 먹

어 젊은 사람을 당해 낼 수가 없으니 이제는 떳떳하게 죽을 자리를 찾아야겠구나.'

이윽고 조운은 관흥과 장포의 뒤를 쫓아 위의 군대와 싸웠다. 뿔뿔이 흩어졌던 등지와 병사들도 합세해 싸웠다. 결국 하후무는 싸움에서 패하고 남안성으로 들어가 굳게 지키기만 했다.

제갈량은 관흥과 장포를 불러 계책을 내리고 화공으로 남안성을 함락시킬 거라는 거짓 소문을 퍼뜨렸다.

"제갈량도 별것 아니구나. 어찌 그런 얄팍한 수법으로 남안성을 함락시킬 수 있겠는가."

하후무는 제갈량을 비웃어 댔다.

하지만 제갈량은 계책에 맞춰 우선 안정성의 태수 최량을 붙잡고 안정성을 점령했다. 그런 다음 최량을 살려 주며 남안 태수 양릉과 함께 하후무를 사로잡으라고 명을 내렸다.

최량은 양릉을 만나 제갈량의 명을 사실대로 털어놓았다.

"어찌 위를 배신하고 촉에 항복할 수 있겠는가. 이번 기회에 제갈량의 계략을 역으로 이용하여 그를 사로잡는 것이 어떠한가?"

최량의 생각도 양릉과 같았다. 두 사람은 곧바로 하후무를 찾아가 말했다. 하후무가 기뻐하며 어떤 계책을 쓸 것인지를 묻자 양릉이 말했다.

"최량이 제갈량에게 가서 직접 병사를 이끌고 성을 공격하자고 말하는 것입니다. 그다음 제갈량을 성안으로 끌어들이면 쉽게 잡을 수 있을 것입니다."

하후무가 흡족해하자 최량은 그길로 성을 나와 제갈량에게 갔다.

"일을 단숨에 처리하려면 승상께서도 병사들을 이끌고 함께 가시는 게 좋을 듯합니다."

최량의 말에 제갈량이 고개를 끄덕였다.

"호랑이 굴에 들어가지 않고 어찌 호랑이를 사로잡겠소. 내 그런 용기가 없는 것은 아니나 먼저 관흥과 장포를 보내 그대를 돕게 하겠소."

최량은 관흥과 장포를 데리고 가는 것이 꺼림칙했지만 어쩔 수 없이 제갈량의 뜻을 받아들였다. 최량은 먼저 관흥과 장포를 성안에서 죽인 다음 제갈량을 꾀어내기로 마음먹었다.

양릉이 관흥과 장포에게 들어오라고 권하자 관흥이 먼저 들어섰다. 이에 최량이 몸을 돌려 장포에게 길을 내주었다. 그 순간 장포가 최량의 등을 떠밀며 소리쳤다.

"최량, 네 역할은 여기까지다."

장포는 말이 끝나기 무섭게 칼로 최량을 내리쳤다. 그와 동시에 관흥도 앞서 가던 양릉을 칼로 찌르고 성안에 불을 질렀다.

위의 군대는 싸우지도 못한 채 패했고 하후무도 도망가다 사로잡혔다.

하지만 제갈량은 이번 계책에서 천수성의 태수 마준을 사로잡지 못했다. 마준에게도 계책을 썼지만 그는 성을 나오지 않았다. 그것은 바로 마준이 성을 나가려고 할 때 젊은 장수인 강유가 말렸기 때문이다. 강유는 홀어머니를 모시고 사는 재주와 학식이 뛰어난 장수였다.

"눈에 보이진 않지만 분명 뒷산에 촉의 병사들이 숨어 있을 것입니다. 태수의 군대가 성을 나서면 그 틈을 노리려고 할 것입니다. 그러나 걱정하지 마십시오. 태수께서는 아무것도 모른 척 출정을 했다 다시 성으로 돌아오시면 됩니다. 저는 따로 병사들과 함께 성안에 숨어 있다 적이 공격해 오면 그들을 무찌르겠습니다. 만약 그중에 제갈량이라도 있다면 이는 금상첨화*일 터이니 반드시 그를 사로잡겠습니다."

강유가 마준에게 자신 있게 말했다.

곧이어 마준이 출정한 뒤 천수산 뒤편에 숨어 있던 조운이 병사들과 함께 성의 뒷문으로 들어왔다. 그때 강유의 군대가 산 위에서 바위를 굴러 떨어뜨리며 화살을 쏘았다.

"노장 조운은 달아나지 말라. 천수의 강유가 여기 있느니라."

조운은 강유에 맞서 싸우다 등을 보이고 도망쳤다.

조운이 패하고 돌아오자 제갈량은 깊은 밤까지 잠을 이루지 못했다.

"강유를 이기지 못하면 위를 꺾을 수 없을 것이다."

다음 날 제갈량이 하후무를 끌어다 놓고 물었다.

"목숨이 아까운가?"

금상첨화 단 위에 꽃을 더함. 좋은 일 위에 또 좋은 일이 더해진다는 뜻.

"만약 승상께서 이 목숨을 살려 주신다면 그 은혜를 잊지 않겠습니다."

"실은 강유가 내게 편지를 보내 자네를 살려 준다면 항복하겠다고 했소. 내 지금 그대를 풀어 주면 강유를 데려올 수 있겠소?"

"풀어 주신다면 기꺼이 그리하겠습니다."

제갈량은 하후무에게 옷과 음식을 베풀고 말을 내주었다. 하지만 하후무는 처음부터 촉에 항복할 마음이 털끝만큼도 없었다. 그저 풀려난 것을 기뻐하며 위로 도망칠 생각이었다.

하후무는 새가 새장 속을 벗어난 것처럼 말을 타고 달리다 피난을 떠나는 백성들을 만났다.

"어찌 피난을 가는 것이냐?"

"강유가 촉에 항복을 하고 촉의 병사들이 약탈을 하니 이곳에서 살고 싶어도 살 수가 없습니다."

"강유의 마음이 변한 것이 사실이구나."

하후무는 천수성에 있는 마준에게 가서 이 이야기를 전했다. 그날 밤, 촉의 군대가 천수성을 에워싸더니 강유가 나와 소리쳤다.

"이 강유는 촉에 항복해 하후무의 목숨을 구했다. 그러니 너희도 어서 촉에 항복하라."

마준과 하후무가 성루 위에서 그를 바라보았다. 갑옷이나 목소리를 봐서도 그렇고 어려 보이는 것까지 강유가 분명했다. 그런데 어딘지 말의 앞뒤가 맞지 않았다. 물론 그는 진짜 강유가 아니라 제갈량이 꾸민 사람이었다. 하지만 한밤중이라 마준과 하후무는 강유를 정확하게 알아볼 수 없었다.

한편 진짜 강유는 기성에서 촉의 군대에 둘러싸여 있었다. 강유는 어머니가 사는 기성을 촉의 군대가 공격한다는 이야기를 듣고 기성으로 달려왔다 갇히고 만 것이다. 그러다 보니 점점 식량이 떨어져 갔다. 마침내 강유는 촉과 싸우기로 마음먹고 성을 나섰다. 하지만 숨어 있던 촉의 군대에 기습을 받고 홀로 천수성으로 도망칠 수밖에 없었다.

얼마 뒤 진짜 강유가 천수성 아래에서 외쳤다.

"나는 강유다. 어서 문을 열어라."

그 소리에 마준이 성루 위에서 모습을 드러냈다.

"닥쳐라. 네 뒤편으로 촉의 군대가 보이는구나. 나를 속여 문을 열게 한 뒤 촉의 군대를 불러들일 속셈이로구나. 배신자가 무슨 낯짝으로 이곳에 왔느냐."

강유가 깜짝 놀라며 문을 열어 달라고 애원했지만 마준은 화를 내며 소리칠 뿐이었다.

"여봐라, 저자에게 활을 쏘아라."

강유는 쏟아지는 화살을 피해 장안 방면으로 달아났다. 그렇게 장안을 향해 수십 리를 달렸다. 그때 병사 수천 명을 앞세운 관흥이 강유의 앞을 막아섰다. 곧이어 제갈량이 사륜거를 타고 다가왔다.

"강유, 어찌 항복을 하지 않는가. 죽기는 쉬워도 살기는 어려운 법이다."

놀랍게도 제갈량 곁에는 강유의 어머니가 있었다. 강유의 어머니는 촉의 장수들에게 호위를 받고 있었다.

마침내 강유는 말에서 내려 땅에 엎드렸다. 제갈량이 사륜거에서 내려 강유의 손을 잡은 뒤 그를 어머니 곁으로 데리고 왔다.

"그동안 내가 배우고 깨달은 것을 전하기 위해 현명한 자를 찾아다녔소. 이제 그대를 만났으니 내 일생의 소원을 이룰 수 있을 듯하오. 앞으로 내 곁에 있으면서 촉을 섬기지 않겠소? 그렇게만 해 준다면 내 모든 것을 그대에게 전하려 하오."

강유는 뜻을 받들겠다는 표시로 제갈량에게 깊이 고개를 숙였다.

성으로 돌아온 뒤 제갈량이 강유에게 물었다.

"천수성과 상규성을 취할 방법이 없겠소?"

"화살 한 발만 쏘면 족할 것입니다."

제갈량이 웃으며 옆에 있던 화살을 집어서 건넸다.

강유는 편지를 쓴 뒤 화살에 매달아 천수성 안으로 쏘았다. 그것을 본 마준이 하후무에게 물었다.

"성안의 장군들이 강유와 내통하고 있습니다. 어떻게 처리해야겠습니까?"

"당연히 그들을 없애야 하오."

그 사실을 알게 된 장군들은 성문을 열고 촉의 군대를 불러들였다. 하후무와 마준은 촉의 군대를 당해 내지 못하고 도망치고 말았다. 하지만 제갈량은 그들을 쫓지 않았다.

"병사 천 명을 얻는 것은 쉽지만 장수 한 명을 얻기란 어렵다. 하후무는 기러기에 지나지 않고 강유는 봉황과 같다. 내 봉황을 얻었는데 어찌 한가로이 기러기를 쫓으리."

그렇게 제갈량은 천수, 남안, 안정을 손에 넣은 뒤 장안으로 나아갈 준비를 했다.

8

다시 전장에 나온 사마의

제갈량이 위세를 널리 떨치고 있을 무렵 위의 조예는 시름에 빠져 있었다. 그러던 어느 날 조예가 조진에게 명을 내렸다.

"하후무가 패하여 나라가 혼란스러운 상황이오. 그대가 대도독을 맡아 싸워 주시오."

"신은 재주가 부족하고 나이도 들어 자신이 없습니다."

조진의 말에 노장군 왕랑이 나섰다.

"장군이 대도독으로 출정하시면 제 목숨을 바칠 각오가 되어 있습니다."

왕랑이 그렇게 말하자 조진은 마침내 마음을 굳혔다.

이윽고 조진은 대군을 이끌고 장안으로 들어가 진을 쳤다.

"이번에 출정한 위의 군대는 이진 하후무의 군대와는 비교가 되지 않는구나."

제갈량은 사륜거 위에서 위의 진영을 바라보며 감탄했다. 얼마 뒤 머리가 하얗게 샌 왕랑이 먼저 입을 열었다.

"제갈량은 내 말을 들으시오. 지난날 양양의 명사*인 그대의 이름을 익히 들어오던 터에 이렇듯 뵙게 되었소. 사람들이 말하길 그대는 도를 아는 사람이라 하더이다. 어찌 그런 자가 전쟁을 일으킨 것이오?"

"나 제갈량은 한나라의 대신으로서 황제의 명을 받고 천하의 역적을 치러 온 것이오."

"그저 웃음밖에 나오지 않소이다. 선제 조조 황제께서는 온 세상을 바로 일으켜 마침내 대위를 세우셨소. 그런데 그대의 주인인 유비는 어떠했소. 스스로 한나라 황실의 후예라 칭하며 온갖 계략으로 촉의 땅을 빼앗지 않았소. 그대 역시 유비의 위선에 정신을 빼앗겨 큰 재주를 그릇되게 쓰고 있지 않소. 진실로 죽은 유비의 유언과 촉의 어린아이를 소중하게 생각한다면 속히 갑옷을 벗고 백기를 들도록 하시오. 그러면 두 나라의 백성은 평안하고 병사들도 피를 흘릴 일이 없을 것이며, 더불어 화창한 봄날을 즐길 수 있을 것이오."

위와 촉의 병사들은 숨을 죽이고는 왕랑의 말에 귀를 기울였다. 그런 병사들을 보며 마속은 걱정스러운 눈빛으로 제갈량을 바라보았다. 제갈량은 내내 웃음을 머금은 채 침묵만 지킬 뿐이었다. 그러다 마침내 제갈량이 입을 열었다.

"이제 할 말이 끝났소이까? 그대의 말은 참으로 듣기에 민망한

명사 세상에 이름난 사람.

이상한 변명이오. 이제 내가 그대를 깨우치고 가르치려 하니 잘 들으시오. 그대는 본래 한나라의 신하였으면서도 위에 빌붙어 기름진 고기로 배를 불리고 노후를 보내고 있소. 그대는 이미 몸과 마음이 썩어 문드러져 지금과 같은 말을 태연하게 내뱉으니 참으로 가련할 뿐이오. 하늘이 나를 세상에 내보내신 것은 아직 한나라를 버리지 않았음을 뜻하는 것이오. 그러한데 그 세 치 혀로 어찌 그대가 나를 이길 수 있겠소. 집 안에 처박혀 음식이나 탐했더라면 목숨은 부지할 수 있었을 터인데 어울리지도 않는 갑옷과 투구로 치장하고 함부로 나와 설쳐 대는구려. 늙은 역적은 썩 물러가시오."

제갈량의 말은 날카로운 화살이 되어 늙은 왕랑의 마음속을 꿰뚫었다. 왕랑은 피가 거꾸로 치솟고 숨이 막히는 것만 같았다. 그러더니 신음을 내며 말에서 떨어져 그대로 숨을 거두고 말았다.

조진은 믿었던 왕랑을 잃자 기가 꺾여 버렸다. 그런 조진에게 곽회가 한 가지 계책을 권했다. 곽회의 말에 조진은 마음을 다잡고 준비에 들어갔다.

그 무렵 제갈량은 조운과 위연을 불러 명을 내렸다.

"두 사람은 병사를 이끌고 밤에 위의 진영을 기습하시오. 분명 조진은 기산 뒤쪽에 병사를 숨겨 놓을 것이오. 그리하여 우리가 야습하면 그 틈을 노려 그들도 우리 진영을 급습할 것이오."

제갈량은 관흥과 장포, 마대에게도 계책을 내렸다. 제갈량의 계략을 알 리 없는 조진은 촉의 군대가 쳐들어오자 곧바로 촉의 진영으로 뛰어들었다. 하지만 그곳에는 깃발만 나부낄 뿐 아무도 없었다. 갑자기 곳곳에서 불꽃이 일더니 불길이 하늘로 치솟았다.

위의 군대는 한순간에 포위되고, 위의 대도독 조진은 멀리 후퇴할 수밖에 없었다.

위의 조예는 조진이 기산에서 패했다는 소식을 듣고 멀리 서강의 왕 철리길에게 도움을 청했다. 철리길은 부하 아단과 월길에게 병사 이십오만 명을 내주며 촉을 공격하라고 지시했다. 그들은 유럽과 교역이 활발해 철거와 화포* 같은 뛰어난 무기를 가지고 있었다. 또한 긴 창을 갖춘 낙타 부대도 있었다. 낙타의 목과 안장에는 많은 방울이 달려 있었다. 그 무수한 방울 소리와 강철로 만든 전차의 바퀴 소리는 그들의 피를 끓게 하기에 충분했다.

서강의 대군이 촉의 경계에 있는 서평관으로 다가오자 제갈량은 급히 관흥, 장포, 마대를 내보냈다.

관흥, 장포, 마대는 먼저 서강의 진영을 살펴보았다. 서강의 진영에는 강철로 만든 전차가 즐비했다. 관흥은 그 전차들을 보며 혀를 내둘렀다. 전차는 고슴도치처럼 한쪽에 가시가 돋아 있는데 안쪽에는 병사가 들어가 있었다.

"실로 만만치 않은 강적이오."

"장군답지 않은 말만 하시는구려."

장포의 말에 마대도 웃으며 껴들었다.

화포 대포처럼 화약의 힘으로 탄환을 쏘는 무기.

"싸우기도 전에 어찌 그런 약한 말을 하시오. 어쨌든 내일 저들의 실력을 시험한 다음 다시 의논합시다."

하지만 다음 날 촉의 군대는 서강의 군대에게 참패를 당하고 말았다. 서강의 군대가 철거를 이용해 촉의 병사들을 찌르고 화살을 쏘아 댔다.

마대와 장포가 먼저 진영으로 돌아오고 관흥은 온종일 쫓기다 만신창이가 되어 돌아왔다.

"내 오늘만큼 죽을 고비를 몇 번이나 넘긴 적이 없었네. 골짜기에서 서강의 병사들에게 둘러싸여 죽을 뻔했을 때 하늘에 계신 아버지 얼굴이 떠올라 있는 힘껏 도망쳐 왔네."

관흥은 긴 한숨을 내쉬며 고개를 숙였다.

"그대뿐만 아니라 우리 모두 대패를 당해 병력의 절반을 잃고 말았소. 이 책임은 모두 함께 져야 할 것이오."

마대의 말에 장포는 그저 눈물을 훔칠 뿐이었다.

얼마 뒤 제갈량은 촉이 패했다는 소식을 듣고 서평관으로 달려왔다. 그러고는 서강의 진영을 살피며 껄껄 웃었다.

"저것은 그저 기계에 불과하다. 어찌 저 정도 적을 무찌르지 못하겠는가. 강유는 어떻게 생각하는가?"

제갈량이 옆에 있던 강유에게 물었다.

"적에기는 용맹함은 있으나 지략이 없습니다. 또 기계의 힘은 있지만 정신력이 없습니다. 충분히 승상의 지휘와 우리 촉군의 힘으로 물리칠 수 있습니다."

"드디어 붉은 구름이 들판에 일고 바람이 하늘에 구름을 불러오니 내 계책을 쓸 때가 되었다. 강유는 군대를 이끌고 적 가까이 갔다 내가 붉은 깃발을 움직이면 곧장 후퇴하라."

제갈량의 말이 떨어지기 무섭게 강유는 적을 향해 움직였다. 그러고는 물러서다 멈추고 또 물러서다 멈추기를 반복했다. 그러자 서강의 대군은 기세가 오를 대로 올라 촉의 진영까지 돌격해 왔다. 그즈음 함박눈이 내리더니 금세 눈보라가 몰아쳤다.

"너무 깊이 들어가지 말라."

월길은 앞으로 나아가지도 뒤로 물러나지도 못하고 눈보라 속에서 머뭇거렸다. 뒤따라온 아단이 그 모습을 보며 재촉했다.

"이미 들판에는 눈이 열 길이나 쌓여 물러나기 어렵게 되었소. 철거대로 적의 진영을 박살 낸 뒤 이곳을 점령하고 눈보라를 피하도록 합시다."

아단의 말에 힘을 얻은 월길은 다시 철거를 앞세워 나아갔다. 그때 사륜거 한 대가 남쪽 문으로 빠르게 도망치는 게 보였다. 서강의 병사들은 사륜거에 탄 사람이 제갈량이라는 것을 직감하고 그를 사로잡기 위해 쫓아갔다. 마침 강유가 다시 군대를 이끌고 나타나 서강의 군대가 제갈량을 쫓는 것을 방해했다.

"성가시구나. 어서 저들을 해치워라."

서강의 군대는 제갈량을 잠시 뒤로하고 강유를 공격했다. 강유는 서강의 군대와 맞서 싸우다 도망쳤다.

강유를 놓친 서강의 군대는 다시 제갈량의 사륜거를 쫓기 시작했다. 그런데 언덕에서 내려와 구덩이를 건너는 순간 쿵 하는 굉음과 함께 앞쪽 철거대가 사라지고 말았다.

"앗, 떨어졌다. 함정이다."

꼬리에 꼬리를 물고 언덕에서 내려오던 병사들이 비명을 지르며 철거를 멈추려 했다. 하지만 눈이 쌓인 비탈길에서 철거를 멈출 방법은 없었다. 결국 철거들은 줄줄이 미끄러져 구덩이로 처박혔다. 그 순간 촉의 군대가 함성을 올리며 벌판과 숲속에서 일제히 일어났다.

마대의 부대는 아단을 사로잡았고 관흥은 말 위에서 칼로 월길을 내리쳤다.

잠시 뒤 아단은 밧줄에 묶여 제갈량 앞으로 끌려왔다. 제갈량은 인자한 얼굴로 아단에게 다가가 밧줄을 풀어 주었다.

"나는 황제의 명을 받고 위를 정벌하러 왔을 뿐이오. 서강에는 어떠한 원한도 없소. 그대는 위에 속은 것이니 돌아가서 내 뜻을 왕에게 잘 전하도록 하시오."

제갈량은 포로로 잡은 서강의 병사들을 모두 돌려보냈다.

조진은 몇 차례 공격에서 촉에게 패하고 결국 총퇴각을 할 수밖에 없었다. 이번 전쟁에 임할 때부터 조진은 자신이 없었고 별다른 계책도 없었다. 그는 오로지 낙양의 도움과 지시만 기다릴 뿐이었다.

소예는 전쟁에서 패했다는 소식을 듣고 위의 원로인 종요에게 의견을 구했다.

"적을 알고 나를 알면 백전백승이라 했습니다. 조진은 처음부터 제갈량의 상대가 되지 못했습니다. 재야에 숨어 있는 인물을 뽑아 제갈량을 물리치는 방법밖에 없습니다."

"그대가 말하는 재야에 숨은 인물이란 누구를 말하는 것이오?"

"그는 다름 아닌 사마의입니다. 거짓 소문을 믿고 그를 내쫓은 일은 참으로 안타까운 일이었습니다. 지금 고향에 있는 사마의를 하루빨리 불러야 합니다."

"그 일은 짐의 인생에서 가장 큰 잘못이었소. 그런데 가슴에 한을 품은 사마의가 짐의 명을 따르겠소이까?"

"폐하께서 명을 내리시면 사마의는 반드시 따를 것입니다."

종요의 의견대로 조예는 사마의에게 사자를 보냈다.

한편 제갈량은 기세를 몰아 바로 장안을 손에 넣었다. 그러고는 위의 심장인 낙양을 공략하기 위한 준비를 해 나갔다. 그즈음 이엄이 소식을 전해 왔다.

"위에 항복한 맹달이 다시 촉으로 돌아와 낙양을 공격하고 싶다고 합니다."

예전에 촉의 신하였던 맹달은 조예가 새 황제가 된 뒤 미움과 의심을 받았다. 제갈량은 기꺼이 맹달을 받아들이기로 했다. 그때 또 다른 소식이 전해졌다.

"조예가 사마의를 도독으로 임명한 다음 출사 준비를 할 것이라 합니다."

"뭐라, 사마의를?"

제갈량이 흥분하자 곁에 있던 마속이 의아해하며 물었다.

"승상, 어찌 그리 놀라십니까?"

"위에서 인물이라 할 수 있는 자는 사마의 하나뿐이오. 내가 유일하게 두려워하는 자가 바로 사마의 뿐이오."

제갈량은 맹달에게 편지를 써서 주의를 주었다. 하지만 맹달은 제갈량의 말을 대수롭지 않게 생각했다.

"소문대로 제갈량은 의심이 많은 사람이구나."

맹달은 제갈량의 주의를 무시하고 답장을 써서 사자에게 건넸다.

이윽고 맹달의 편지를 받은 제갈량이 한탄하며 말했다.

"아, 맹달은 자만*에 빠져 사마의를 무시하고 한가롭게 큰소리를 치고 있소. 맹달은 반드시 사마의 손에 죽을 것이오."

그 무렵 사마의는 관직에서 물러나 고향인 완성에서 한가로운 생활을 보내고 있었다. 그에게는 두 아들이 있었는데, 첫째는 사마사, 둘째는 사마소였다. 두 아들 모두 담이 크고 지혜로우며 병서를 깊이 익힌 청년들이었다.

사마의의 얼굴빛이 어두워 보이자 사마사가 물었다.

"아버지, 무슨 걱정이라도 있으십니까?"

"흠, 아무런 걱정도 없느니라."

"아닙니다. 아버지께서는 황제의 부름이 없음을 한탄하고 계시는 것입니다."

그러자 둘째인 사마소가 큰소리를 치며 껴들었다.

자만 스스로 자랑하며 뽐내는 것.

"그렇다면 걱정하지 않으셔도 됩니다. 분명 가까운 시일 안에 황제께서 부르실 것입니다."

그 일이 있고 며칠 뒤, 정말로 사마의 집에 황제가 보낸 사자가 도착했다. 사마의는 당연히 황제의 명을 받들어 곧바로 출정에 나섰다. 그는 낙양으로 가지 않고 두 아들과 함께 맹달이 있는 신성으로 갔다. 하지만 맹달은 사마의가 낙양으로 갔다는 거짓 소문만 믿고 마음을 푹 놓고 있었다.

"모든 것이 내가 생각한 대로다. 이제는 날을 잡아 낙양을 공격할 일만 남았다."

다음 날 아침, 아직 잠에 빠져 있던 신성의 병사들은 성 아래 한쪽에서 들려오는 북소리에 놀라 잠을 깨야만 했다. 맹달도 깜짝 놀라 옷을 입고 성루로 뛰어 올라갔다.

"아니, 어느 틈에!"

맹달은 서둘러 말을 타고 나갔다.

맹달의 눈앞에 사마의의 군대가 버티고 서 있었다. 맹달은 후퇴하려 했지만 이미 성안은 위의 군대가 점령한 상태였다. 맹달은 겨우 위의 군대를 뚫고 도망쳤지만 얼마 지나지 않아 뒤쫓아 온 사마의의 군대에 목숨을 잃고 말았다.

사마의는 항복한 병사를 거두고 승리 소식을 낙양에 알렸다. 촉의 군대를 두려워하던 낙양 백성들은 갑자기 봄이 찾아온 듯 생기를 되찾고 기뻐했다.

"사마의가 일어섰다!"

"사마의가 다시 위의 군대를 지휘한다!"

조예는 사마의에게 모든 권한을 주고 상으로 황금 도끼 한 쌍을 건넸다.

두 번째 출사표

사마의는 군대의 진영을 새롭게 짜고 장합에게 선봉을 맡겼다.

"제갈량은 당대 영웅이라 할 수 있소. 그러니 그를 치는 것은 쉬운 일이 아니오. 하지만 방법은 있소. 분명 제갈량은 야곡으로 나와 미성을 취하고, 그곳에서 병사를 나눠 기곡으로 향할 것이오."

장합은 영웅이 영웅을 알아본다는 말을 떠올리며 사마의의 말에 귀 기울였다.

"그러니 조진에게 미성을 굳게 지키게 하고 기곡으로 통하는 길에 병사를 숨겨 두어 제갈량이 이곳을 지날 때 공격하게 하면 될 것이오."

사마의는 마치 제갈량의 마음을 손바닥에 놓고 꿰뚫어 보듯 말했다.

"그렇다면 장군께서는 어떻게 하실 생각입니까?"

장합이 묻자 사마의가 목소리를 낮추어 대답했다.

"진령의 서쪽에 가정이라고 하는 고지*가 있고 그 옆에 열류성이라는 성이 하나 있소. 이 산과 성이야말로 바로 한중의 목구멍이라 할 수 있소. 가정을 취하면 제갈량도 한중으로 물러갈 수밖에 없을 것이오. 또한 이로써 병량을 운송하는 길 역시 끊어질 것이오. 장합, 그대와 내가 바로 그곳을 치는 것이오."

"참으로 대단한 계책입니다. 이는 칼로 적의 심장을 도려내는 것과 같을 것입니다."

"그럼 이제 준비를 하시오."

사마의와 장합은 곧바로 계책에 맞춰 움직였다.

한편 제갈량은 사마의가 대군을 움직인다는 소식을 듣고 고민에 빠졌다.

"사마의는 가정을 노릴 것인데, 가정은 우리의 목구멍과 같은 곳이오. 하루빨리 누군가를 보내 그곳을 지켜야겠소."

그때 마속이 제갈량 앞으로 나섰다.

"승상, 저를 보내 주십시오. 스무 살이 넘었는데도 아직까지 공을 세우지 못해 부끄럽습니다. 가정 땅을 지킬 수 있게 허락해 주십시오."

제갈량은 젊은 마속이 가정을 지키는 것은 쉽지 않은 일이라고 생각했지만 마속을 아끼는 마음에 허락할 수밖에 없었다. 일찍이 유비가 제갈량에게 '마속은 재기*가 부족하니 중요한 일에 쓰지 말라.'

고지 높은 곳에 있는 땅. | **재기** 사람이 갖고 있는 재주, 재능, 도량 등을 가리킴.

고 했다. 그러나 제갈량은 그 말을 잊어버릴 정도로 마속을 아꼈다.

"사마의와 장합은 절대로 만만한 상대가 아니니 소홀함이 없어야 할 것이다."

제갈량이 마속에게 힘주어 말했다.

드디어 마속은 왕평과 함께 병사 이만 명을 이끌고 가정으로 떠났다. 마속은 가정에 도착하자 바로 지형을 둘러보았다. 그러더니 큰 소리로 웃어 젖혔다.

"아무래도 승상께서 심려가 크다 보니 지나치게 신중을 기하시는 듯하구나. 산이라고 하나 그리 큰 산도 아니다. 겨우 사람이 지날 수 있는 정도의 샛길만 몇 개 있을 뿐인데 어찌 위가 대군을 보내겠는가."

이윽고 마속은 산 위에 진을 치라고 명령했다. 그러자 왕평이 경계하며 말렸다.

"샛길 입구부터 막아야 하오. 만약 산 위에 진을 치면 위의 군대는 산기슭을 포위할 터이니, 그때는 승상께서 내리신 임무를 완수할 수 없을 것이오."

"이 산이 낮다고는 하나 삼면이 험한 낭떠러지이니, 위의 군대가 공격해 오면 그들을 치기에 안성맞춤이오."

"승상께서는 싸워 이기라고 명하지 않으셨소이다."

"더는 함부로 혀를 놀리지 마시오. 병법에 능한 손자가 이르길, 죽을 곳에 들어간 뒤에야 살길이 생긴다 했소. 나는 어릴 때부터 병법을 배웠고 승상조차 무슨 일이 있으면 나와 계책을 의논하시곤 했소. 잠자코 내 명에 따르면 될 것이오."

"그럼 장군께서는 산 위에 진을 치시오. 나는 병사 오천 명을 이끌고 산기슭에 진을 치고 지키도록 하겠소."

그렇게 마속과 왕평은 각각 진을 칠 수밖에 없었다.

'왕평이 끝내 내 명을 따르지 않는구나. 싸움에 이겨 돌아가면, 승상 앞에서 반드시 군율을 어긴 죄를 묻겠다.'

마속은 왕평을 보며 이를 갈았다.

그 무렵 사마의는 가장에 촉의 깃발이 나부끼고 있다는 이야기를 전해 듣고 당황했다.

"아아, 과연 제갈량은 귀신과 같은 자로구나. 가정을 지키는 촉의 대장은 누구인가?"

부하들이 마속이라 말하자 사마의가 크게 기뻐했다.

"제갈량도 사람을 쓰는 데는 실수를 하는구나. 마속은 실로 어리석은 자이니 단숨에 물리칠 수 있을 것이다."

사마의는 우선 산의 물길을 끊었다. 산 위에 진을 친 마속의 군대는 물을 산 아래에서 퍼 오고 있었던 것이다.

"뭐라, 적이 물을 가져오는 통로를 끊었단 말이냐?"

마속이 깨달았을 때에는 이미 늦었다. 그 뒤 물길을 되찾기 위해 몇 번이나 공격을 시도했지만 피해만 입고 물러날 수밖에 없었다.

날이 지나면서 산 위의 병사들은 갈증에 시달렸다. 밥을 지을 물이 없어 날로 먹거나 불에 구워 먹을 수밖에 없었다. 아무리 기다려도 비는 내리지 않았다. 또한 밤중에 산을 내려간 병사들은 하나같이 돌아오지 않았다. 적에게 발각되어 죽은 줄 알았는데 모두 위에 항복한 것이었다. 사마의는 그때를 놓치지 않고 총공격에 들어갔다.

결국 가정을 둘러싼 싸움은 촉의 대패로 끝났다. 하지만 사마의는 쉬지 않고 공격을 이어 나갔다.

"가정을 빼앗긴 이상 제갈량도 도망칠 수밖에 없을 것이다. 신속히 제갈량을 쫓아라."

사마의가 기세등등하게 명을 내렸다.

제갈량은 마속의 군대가 처참히 무너졌다는 소식을 듣고 입술을 깨물었다.

"내 그토록 일렀건만 참으로 어리석은 자로다. 대사를 그르치고 말았구나. 이 모든 게 다 내 잘못이다!"

제갈량은 장군들을 불러 퇴각 명령을 내렸다. 하지만 얼마 뒤 위의 대군이 쳐들어오고 있다는 소식이 전해졌다. 성안의 병사들이 두려움에 떨자 제갈량이 소리 높여 외쳤다.

"사대문을 모두 열어라. 그러고는 귀인을 맞아들일 때처럼 청소를 하고 태연하게 행동하라."

제갈량은 옷을 새로 갈아입고 성루 위에 올라가 거문고를 켰다.

드디어 위의 선봉이 성 근처까지 몰려오고, 제갈량의 거문고 소리가 바람을 타고 병사들의 귓전으로 흘러들었다. 갑자기 사마의가 몸을 부들부들 떨며 명을 내렸다.

"아무래도 수상하다. 어서 후퇴하라."

마침내 위의 대군이 물러갔고, 제갈량이 손뼉을 치며 웃었다.

"천하의 사마의도 자신의 꾀에 넘어가는구나. 위의 대군이 성안으로 쳐들어왔다면 거문고 하나로 무엇을 할 수 있었겠는가. 지금쯤 사마의는 미리 숨어 있던 관흥과 장포에게 공격을 받고 있을 것이다."

제갈량의 예상대로 사마의의 군대는 촉의 군대에게 습격을 받았다. 하지만 관흥과 장포는 그들을 쫓지 않고, 그저 적이 버리고 간 무기를 챙겨 한중으로 향했다.

관흥과 장포뿐 아니라 조운과 등지 등 장군들이 잇따라 한중으로 모이자 제갈량이 마속을 불렀다.

"마속, 그대는 내 명을 무시하고 되돌릴 수 없는 큰 잘못을 저질렀다."

"네. 하지만 위의 대군이 공격하면 어느 누구라도 이를 막아 내기 어려웠을 겁니다."

"아직도 자신의 잘못을 진심으로 뉘우치지 못하다니, 참으로 어리석구나. 여봐라, 당장 마속의 목을 치도록 하라."

이윽고 마속이 처형되었고 제갈량은 소매로 얼굴을 가리고 눈물을 흘렸다.

'마속, 나를 용서하라. 죄는 내 어리석음에 있으니…….'

그 뒤로 제갈량은 스스로 승상의 직책을 내놓았다. 황제 유선이 몇 차례나 설득했지만 제갈량의 고집을 꺾을 수는 없었다. 유선은 제갈량의 뜻을 받아들여 제갈량에게 군대를 총감독하는 임무를 맡겼다.

한편 위의 군대는 가정에서 크게 승리를 거둔 뒤 사기가 높아졌다. 그 기세로 조예는 조휴를 보내 촉과 동맹 관계를 맺고 있는 오를 공격하게 했다. 하지만 조휴의 군대는 오와의 싸움에서 승리를 거두지 못했다.

얼마 뒤 남쪽 경계에 있던 사마의가 급히 낙양으로 올라왔다.

"도독께서 무슨 일로 낙양으로 올라온 것이오?"

위의 신하들이 묻자 사마의가 대답했다.

"위의 군대가 가정에서는 승리했지만 오에게는 패했소. 제갈량은 반드시 이 기회를 노려 군대를 일으킬 것이오. 그래서 급히 올라왔소."

사마의의 말에 신하들이 비웃었다.

"도독께서는 오는 강하고 촉은 약하다고 생각하고 있는 듯하오. 오를 이기지도 못했는데, 촉은 한 번 이겼다고 해서 또다시 이길 수 있다고 생각하시다니."

사마의는 신하들의 말에 눈 하나 깜짝하지 않았다.

제갈량은 한중에 머물며 군대를 재편성하고 있었다. 또한 장비와 무기를 확보한 다음 위의 허점을 엿보고 있었다. 그러던 어느 날 조운의 아들인 조통과 조광이 제갈량을 찾아왔다.

"어젯밤, 아버지께서 돌아가셨습니다."

"조운 장군은 나라의 기둥이었다. 아, 내 팔 하나를 잃은 것과 같구나."

그 소식은 곧바로 성도에도 전해졌고, 유선은 목 놓아 통곡했다.

유선은 조운의 장례를 치른 뒤 그의 아들들에게 벼슬을 내리고 조운의 묘를 지키게 했다.

이윽고 한중의 제갈량이 유선에게 두 번째 출사표를 보내 왔다. 이번 출사표에는 유비의 유언에 보답하려는 제갈량의 한결같은 마음과 나라를 위한 충심이 담겨 있었다.

유선이 제갈량의 출사를 허락하자 제갈량은 촉의 삼십만 대군을 일으켜 진창으로 나아갔다.

그때 제갈량의 나이는 마흔여덟, 때는 혹한의 한겨울로 진창의 험한 봉우리들은 하얀 눈으로 뒤덮여 있었다. 사람의 눈썹과 숨결은 물론이고 말의 고삐까지 얼어붙는 추위가 찾아온 때였다.

제갈량의 출정 소식은 위의 조예에게도 전해졌다. 조예가 군신들을 불러 의견을 구하자 조진이 나서서 말했다.

"지난번 싸움에서 아무런 공을 세우지 못해 부끄러울 따름입니다. 이번에는 반드시 성공하겠습니다. 다만 근래에 믿음직한 장수를 하나 얻었는데, 그를 선봉에 세우고 싶습니다. 그가 창을 던지면 쓰러지지 않는 자가 없고 화살을 쏘면 한 발도 빗나가는 법이 없습니다."

조진은 그렇게 말하고는 왕쌍을 불러들였다. 왕쌍은 키가 무척이나 크고 허리가 곰처럼 굵고 등이 호랑이처럼 날렵했다. 왕쌍은 유성추라는 무기를 썼다.

"오, 참으로 대단하구나."

조예는 바로 그 자리에서 왕쌍에게 비단 전포와 갑옷을 내리며 선봉을 맡겼다. 그런 뒤 다시 한 번 조진을 대도독으로 임명했다.

조진은 낙양의 군대를 이끌고 장안으로 갔다. 그러고는 곽회, 장합의 군대와 합세했다.

한편 촉의 대군은 진창성을 향하고 있었다.

"진창성으로 가는 길은 험하고 눈도 많이 내리는 데다 위의 학소가 지키고 있어 지날 수 없을 듯합니다."

장병들이 불만을 늘어놓았지만 제갈량은 받아들이지 않았다.

"성 하나도 무너뜨리지 못하고 기산으로 가 봤자 위의 대군을 이길 순 없소. 진창 길목의 북쪽은 가정에 해당하오. 이 성을 취해 우리의 근거지로 삼아야 하오."

제갈량은 우선 근상을 불러 명을 내렸다.

"그대가 학소와 친분이 있다고 들었소. 학소에게 가서 항복을 설득해 보시오."

"네, 바로 출발하겠습니다."

그길로 근상은 학소를 찾아갔다.

"이 성은 도저히 촉의 대군을 막을 수 없네. 제갈량은 그대의 됨됨이와 재주를 아까워하시어 나를 보내셨네. 이 기회를 놓치지 말고 성문을 열어 촉에 항복하시게."

그러자 학소의 얼굴빛이 어두워졌다.

"나는 위를 섬기고 자네는 촉을 섬기고 있네. 그런 말을 한다면 친구로 만날 수가 없네."

학소는 자리에서 벌떡 일어나 뒤돌아섰다.

"이제 그만 돌아가시게."

"자네와의 우정을 생각해서라도 이대로는 돌아갈 수 없네."

근상이 말을 듣지 않자 학소는 부하들을 불렀다.

"손님을 말 등에 붙들어 매도록 하라."

학소의 부하들이 근상을 말 등에 태우고는 성문을 열어젖혔다. 그러자 학소가 직접 채찍으로 말의 엉덩이를 후려쳤다. 말은 깜짝 놀라 성 밖으로 달려 나갔다.

근상은 어쩔 수 없이 돌아와서 제갈량에게 사실대로 말했다.

"제 힘으로는 어찌할 수 없을 듯합니다."

"이렇게 된 이상, 내가 직접 성을 빼앗을 수밖에 없겠구나."

제갈량은 한중에 머무는 동안 새로운 무기를 많이 개발했다. 한 번 쏘면 연속으로 날아가는 활과 철갑도 뚫을 수 있는 화살을 비롯해 병사들의 철갑 투구나 갑옷 등을 만들었다.

하지만 학소는 단호하고 용맹한 지휘로 촉의 대군에 맞서 싸웠다. 촉의 대군은 진창성을 쉽게 무너뜨릴 수 없었다.

"벌써 이십 일이 지났구나."

제갈량이 진창성을 바라보며 한숨을 내쉬었다. 그때 위의 선봉인 왕쌍이 다가온다는 소식이 전해졌다.

왕쌍의 군대는 한겨울 추위에도 아랑곳하지 않았다. 그렇다 보니 촉의 군대는 왕쌍의 군대에 무참히 패하고 말았다. 그 뒤 제갈량은 힘을 잃고 시간을 흘려보냈다.

그러던 어느 날 강유가 제갈량에게 다가가 말했다.

"이럴 때일수록 집착을 버리는 것이 중요할 듯합니다. 대군을 거느리고 보람 없이 진창성 하나에 집착하는 것이야말로 적이 바라는 게 아니겠습니까?"

"흐음, 그렇군. 집착을 버리는 것이 해결의 실마리라 할 수 있겠군."

강유의 말을 듣고 제갈량은 크게 깨달았다. 마침내 제갈량은 작전을 바꾸었다. 제갈량은 한밤중에 은밀히 진창을 벗어나 관흥과 장포, 마대 등의 대군을 이끌고 기산으로 향했다. 그리고 얼마 지나지 않아 촉의 군대는 위의 군대와 싸워 승리했다.

그 소식을 들은 조예는 낙양에 머무르고 있던 사마의를 불러 대책을 논의했다.

"두려워해야 할 것은 촉의 군대가 아니라 제갈량이오. 대체 어떻게 하면 좋겠소?"

"너무 걱정하지 마십시오. 스스로 물러가도록 하면 될 것입니다. 촉의 군대는 한 달 정도의 식량밖에 가지고 있지 않을 것입니다. 겨울이라 제갈량은 빨리 싸움을 끝내려고 할 것입니다. 하지만 저는 장기전을 취할 것입니다. 그러니 조진 도독에게 섣불리 움직이지 말라고 명을 내려 주십시오."

"알았네. 내 즉시 그리하겠네."

"산줄기의 눈이 녹을 무렵이 되면 촉의 군대는 식량이 떨어져 어쩔 수 없이 퇴각할 것입니다. 바로 그때가 기회입니다. 퇴각하는 적을 쫓아 공격하면 반드시 물리칠 수 있을 것입니다."

조진은 조예의 명을 받고 곽회를 불러 의논했다.

"이는 분명 황제의 의견이 아니라 사마의의 생각일 것이오. 나는 이대로 손 놓고 있을 수가 없소. 하루라도 빨리 촉의 군대를 무찌를 방법이 없겠소?"

조진은 이번만큼은 꼭 승리하고 싶은 마음이 간절했다.

"제갈량은 식량을 확보하기 위해 분명 어떠한 위험도 감수할 것입니다. 그러한 약점을 이용해 함정에 빠뜨리는 것입니다. 손례에게 식량을 실은 것처럼 위장한 수레를 이끌고 가 공격하게 하는 것입니다."

조진은 곽회의 의견대로 곧장 손례에게 명을 내렸다.

손례는 식량을 가득 실은 것처럼 수레 수천 대를 꾸몄다. 그런 다음 수레 위에는 파란 천을 덮고, 밑에는 유황과 염초, 기름과 장작 등을 숨겨 놓았다.

손례 일행은 거짓 수레를 이끌고 기산의 서쪽에 있는 산악 지대로 향했다. 누가 봐도 진창성과 왕쌍의 진영으로 보내는 군량이라는 것을 알 수 있었다. 촉의 병사들도 그 수레 행렬을 보고 군량이 운송되는 것이라고 생각했다.

보고를 받은 제갈량이 부하들에게 물었다.

"수송대의 우두머리는 누구인가?"

"손례라는 자인데, 지난날 위 왕이 사냥을 갔을 때 거대한 호랑이가 갑지기 위 왕에게 달려들자 손례가 호랑이를 막고 칼로 찔러 죽였다고 합니다. 그 뒤로 손례는 위 왕의 신뢰와 총애를 받게 되었습니다."

"그와 같은 장군이 군량을 운송할 리가 없네. 분명 수레 안에 화약이나 마른 장작 등이 쌓여 있을 것이네. 그런 얄팍한 속임수로 나를 속이려 들다니……."

제갈량은 곧바로 장군들을 불러 모아 공격 준비를 시작했다.

한편 손례의 수송대는 날이 저물기 시작하자 야영 준비에 들어가는 척했다. 그리고는 화약과 염초를 실은 수레들을 여기저기에 놓아두고 촉의 군대가 공격해 오기를 기다렸다. 그런데 촉의 군대가 나타나기도 전에 누군가가 수레에 불을 놓았다.

"제갈량이 우리의 계책을 눈치챘구나."

수레 천여 대에 불이 붙었고, 촉의 군대가 두 방향에서 활과 돌을 쏘아 댔다. 불길이 하늘을 빨갛게 태우자 위의 군대는 큰 혼란에 빠졌다. 결국 곽회의 계책이 실패로 끝나면서 조진은 또다시 참패를 당하고 말았다. 그 뒤로 조진은 지나칠 만큼 수비에만 집중했다.

어느덧 눈이 녹고 산과 들에는 아지랑이가 피어올랐다. 제갈량은 산과 들판을 바라보며 생각에 잠겼다.

'위가 오로지 굳게 지키기만 하고 싸우지 않으니 물러날 수밖에 없구나. 이대로 버티면 식량이 다 떨어져 심각한 상황이 올 수 있다. 패하여 물러나는 것보다 이기고 돌아가는 것이 백번 낫다.'

제갈량은 곧바로 촉의 장병들에게 퇴각 명령을 내렸다.

제갈량과 사마의의 대결

위와 촉이 오랜 시간 싸우자 이를 가장 기뻐한 사람이 오의 손권이었다. 위와 촉이 싸울수록 오의 국력은 두 나라보다 강해졌다. 그 무렵 손권은 위의 조예와 촉의 유선처럼 자신을 스스로 황제라 칭했다.

제갈량은 이러한 소식을 듣고 마음이 몹시 불편했다.

"하늘의 태양이 세 개라니!"

하지만 손권이 위와 손을 잡을까 봐 불편한 마음을 드러낼 수 없었다.

제갈량은 손권에게 사자를 보내 축하한다는 뜻을 전하면서 편지 한 통도 같이 건넸다.

촉의 군대가 계속해서 위를 공격해 지치게 만들었으니, 오의 강력한 힘으로 위를 공격한다면 반드시 무너뜨릴 수 있을 것입니다.

제갈량의 편지를 받은 손권은 급히 육손을 불러들여 의견을 물었다.

"촉의 요청을 어떻게 하면 좋겠소?"

"동맹을 맺었으니 받아들이지 않을 수 없습니다. 하지만 촉이 주가 되어야 합니다. 오는 상황을 살피다 결정적인 순간, 제갈량보다 한발 앞서 낙양에 들어가면 될 것입니다."

육손의 말에 손권은 흡족해하며 고개를 끄덕였다.

그즈음 진창성을 지키고 있던 학소가 병에 걸려 중태에 빠졌다. 그 소식을 전해 들은 제갈량은 급히 진창성으로 군대를 보냈다. 결국 학소는 죽고 진창성은 촉에 넘어가고 말았다.

제갈량은 학소의 시신을 거두어 장례를 치르고 위연과 강유에게 명을 내렸다.

"그대들은 곧바로 산관을 공격하시오. 때를 놓치면 위의 군대가 먼저 차지하고 말 것이오."

강유와 위연은 곧장 산관으로 떠났다. 산관의 수비는 허술하여 어려움 없이 빼앗을 수 있었다. 제갈량의 예상대로 반나절도 지나지 않아 위의 군대가 공격해 왔다. 제갈량은 촉의 대군을 이끌고 진창에서 야곡으로 옮겨 간 뒤 기산으로 나아갔다.

"적들은 이전 싸움에서와 마찬가지로 내가 반드시 미성을 칠 것이라 생각하고 그곳을 굳게 지킬 것이오. 이에 나는 반대로 음평과 무도를 급습할 것이오."

제갈량이 적의 마음을 꿰뚫어 보듯 말했다.

한편 위의 조예는 오와 촉이 함께 움직일 것이라는 소식을 듣고 큰 충격에 빠졌다. 조예가 사마의를 불러 의견을 물었다.

"너무 깊이 고민할 필요가 없을 것입니다. 동맹국인 오와 촉이 서로 힘을 합친 것은 당연한 일입니다. 하지만 오의 육손은 안으로 군비*를 충실히 하면서 쉽게 움직이지 않을 것입니다. 촉의 공격과 위의 수비를 살피며 오로지 때를 기다릴 것입니다. 그러니 오의 태도는 허이고 촉의 공격은 실입니다. 실에 전력을 기울이고 그 뒤에 허를 처리하면 될 것입니다."

"과연 지당한 말이오. 경이 아니면 어느 누가 제갈량을 무찌를 수 있겠소."

조예는 사마의의 말을 듣고 무릎을 치며 감탄했다. 조예는 그 자리에서 사마의를 대도독에 임명했다.

드디어 촉의 제갈량과 위의 사마의가 기산에서 정면으로 맞서게 되었다. 사마의는 장합을 불러 명을 내렸다.

"기산에 촉의 깃발이 펄럭이지만 이는 필시 제갈량이 거짓으로 꾸민 일일 것이오. 그대는 오늘 밤 군대를 이끌고 가 기산의 측면을 공격하시오. 그때 나는 정면을 공격하겠소."

그날 밤 장합은 험준한 바위산의 좁은 길을 따라 기산으로 갔다. 반쯤 나아가자 나무를 쌓은 수레들이 몇 겹으로 길을 막고 있었다. 그것은 촉의 병사들이 만들어 놓은 방루*였다.

군비 전쟁을 수행하기 위하여 갖춘 군사 시설이나 장비. | **방루** 적의 공격을 막기 위해 쌓은 성이나 진지.

장합의 군대가 방루를 넘어갔을 때였다. 갑자기 사방에서 불길이 일어났다.

"하하하. 어리석은 사마의가 실수를 범하여 부하들을 위태롭게 했구나."

제갈량이 산 위에서 큰 소리로 웃자 장합이 소리쳤다.

"위라는 대국을 두려워하지 않고 몇 번이나 침범한 제갈량을 가만두지 않겠다."

장합은 말을 몰아 산길을 오르려고 했다. 그러자 제갈량이 장합을 비웃었다.

"하룻강아지 범 무서운 줄 모른다더니 지금 네 모습이 바로 그러하구나."

제갈량이 병사들에게 명령하자마자 나무와 바위가 굴러 떨어졌다. 장합이 탄 말의 다리가 부러졌고 장합은 말을 버리고 산기슭으로 달아났다.

얼마 뒤 사마의는 장합이 제갈량에게 당했다는 소식을 듣고 놀라움을 감추지 못했다.

"제갈량이 또 내 생각을 앞질렀구나. 그렇지만 그 역시 사람에 지나지 않을 것이다. 내 어찌 이 정도 패배에 굴하겠는가."

이윽고 사마의는 마음을 다잡고 밤낮으로 머리를 싸매며 다음 작전을 짰다. 그러는 동안 사마의의 군대는 꼼짝도 하지 않고 있었다.

'움직이는 적은 치기 쉽지만 전혀 움직이지 않는 적은 어떻게 할 수가 없다. 이러다가 아군의 식량이 바닥나면 저절로 역전될 수밖에

없을 터인데…….'

제갈량이 고민에 빠져 있는 사이 성도에서 사자가 왔다. 황제 유선은 제갈량에게 다시 승상의 직을 맡으라는 명을 내렸다.

"아직 큰 공도 세우지 못했는데 어찌 승상의 직을 맡을 수 있단 말인가."

제갈량이 승상의 직을 받아들이려 하지 않자 부하들이 간절하게 청했다. 제갈량은 할 수 없이 황제의 뜻을 따르기로 했다. 그러고는 부하들에게 한중으로 퇴각할 것을 명했다.

그 소식을 전해 들은 사마의가 말했다.

"이는 분명 제갈량의 계략일 것이니 오로지 지키기만 하고 움직이지 말라."

그러자 장합이 내키지 않는다는 듯 불평했다.

"적은 식량이 떨어진 것입니다. 추격해서 전멸시켜야 합니다. 그렇지 않으면 천하의 웃음거리가 될 것입니다."

장합의 말에 사마의의 마음이 움직였다.

"알았소. 그렇다면 용맹한 병사들을 이끌고 추격하시오. 나도 병사들을 이끌고 뒤따라갈 것이오."

제갈량은 사마의가 추격해 온다는 소식을 듣고 기쁨을 감추지 못했다.

"촉의 운명이 달려 있는 싸움이오. 아군 한 명이 적 열 명을 상대한다는 각오로 모두 목숨을 아끼지 말고 싸워야 할 것이오."

제갈량은 왕평과 장익에게 선두를 맡기고 강유에게 계책이 담긴 비단 주머니를 건네며 뒤쫓게 했다.

"결정적인 순간이 오면 이것을 열어 보시오."

제갈량은 장군들을 차례로 불러 명을 내렸다.

위의 군대는 무더운 날씨 속에서도 쉬지 않고 촉의 군대를 추격했다. 어느덧 해가 중천에 떠오르자 위의 병사들이 조금씩 지치기 시작했다. 그때 갑자기 산 위에서 붉은 깃발이 움직였다. 마침내 제갈량의 신호가 떨어진 것이었다.

때를 기다리고 있던 관흥이 병사들을 이끌고 골짜기 안에서 달려 나와 위의 군대를 공격했다. 곧이어 사마의가 군대를 이끌고 도착했다. 위와 촉의 군대는 서로 물러서지 않고 싸웠다. 바로 그때 강유가 제갈량에게 받은 비단 주머니를 열어 보았다.

이곳을 떠나 사마의가 없는 위수의 본진을 공격하라.

강유는 산을 타고 봉우리를 넘어 위수를 향해 내달렸다. 얼마 뒤 그 사실을 알게 된 사마의는 당황할 수밖에 없었다.

"앗, 장안이 위험하다!"

사마의는 급히 병사들에게 총퇴각 명령을 내렸다.

이번 싸움에서는 촉의 장수보다 위의 장수가 더 많이 목숨을 잃었다. 하지만 촉의 장수 가운데 장비의 아들 장포가 죽고 말았다.

"아, 장포가 죽었구나."

제갈량은 목 놓아 울다 이내 쓰러졌다. 그는 열흘이 지나서야 일어났지만 좀처럼 건강을 되찾지 못했다.

"내가 병이 들었다는 것을 밖으로 전하지 말라. 만약 사마의가 이 사실을 알면 다시 공격해 올 것이다."

제갈량은 경계를 늦추지 않으며 한중으로 돌아갔다. 사마의도 요지의 수비를 굳게 하고 낙양으로 돌아갔다.

그로부터 열 달쯤 지난 뒤 위의 사십만 대군이 촉의 경계에 있는 검문각을 공격했다. 다행히 제갈량의 병이 나은 뒤였다. 제갈량은 왕평을 불러 명을 내렸다.

"병사 이천 명을 이끌고 진창으로 가서 위의 군대를 막으시오."

"승상, 어찌 사십만 대군을 불과 병사 이천 명으로 막을 수 있겠습니까?"

왕평이 풀이 죽어 대꾸하자 제갈량이 다시 말을 이었다.

"근래에 천문을 살펴보니 비의 기운이 가득했소. 이달 안에 큰비가 올 것이오. 위의 대군이 검문각을 치기 위해 오더라도 진창에 큰비가 내리면 적은 도저히 움직일 수 없을 것이오."

용기를 얻은 왕평은 곧바로 군대를 이끌고 진창으로 향했다. 그는 진창에 도착하자마자 큰비를 대비해 높은 지대에 진을 쳤다. 왕평은 식량 한 달분을 갖추어 놓았다.

얼마 뒤 정말로 큰비가 내렸다. 수레는 물론 사람과 말까지 빗물에 휩쓸려 가고 무기와 식량도 모두 물에 잠겼다. 여기에 길은 급류로 변하고 절벽은 폭포로 변하고 골짜기는 호수가 되었다. 위의 사십만 대군은 완전히 고립되어 버렸다. 비는 한 달이 지나서야 그쳤다. 위의 대군은 간신히 그곳을 빠져나왔다.

사마의는 촉의 군대를 살폈다. 어쩐지 촉의 군대는 아무런 움직임을 보이지 않았다.

'분명 제갈량은 맑은 날을 기다렸다가 군대를 기산으로 보낼 것이다.'

그날 밤 사마의는 기산의 동쪽에 있는 기곡으로 향했다. 그런 뒤 그곳에 병사들을 숨겨 놓았다.

이윽고 촉의 군대가 기곡 가까이까지 나아갔다.

"승상께서 기곡을 통과할 때 부디 적의 복병을 잘 살피라고 하셨습니다."

등지의 말에 위연이 소리 내어 웃었다.

"위의 군대는 한 달이나 물에 빠져 있던 탓에 병자도 많고 무기도 쓸모없어져 모두 퇴각했소. 그런데 어찌 이곳에 다시 나올 수 있겠소."

"승상의 말씀은 틀린 적이 없습니다."

등지가 단호하게 말하자 위연이 비꼬듯 답했다.

"그렇다면 가정에서 승상이 패한 까닭은 무엇이오? 내가 먼저 기산으로 나가 진을 치겠소."

등지는 위연을 설득하지 못했다. 위연은 기곡에서 위의 복병에게 둘러싸이고 말았다.

그 소식을 들은 제갈량이 급히 장군들을 기곡으로 보내고 자신도 직접 출정했다.

얼마 지나지 않아 촉의 대군이 뿌연 먼지를 일으키며 달려왔다. 위의 병사들은 사방으로 도망쳤다.

"항복하는 자는 살려 줄 것이니, 투구와 갑옷을 벗어라."

제갈량이 소리쳤다. 순식간에 위의 병사들이 내던진 무기와 깃발이 산처럼 쌓였다.

제갈량은 계획대로 기산의 높은 산에 진을 쳤다. 반면 사마의는 위수의 강물을 앞에 두고 진을 쳤다.

드디어 사마의가 장군들을 이끌고 강변까지 나왔다. 제갈량도 사륜거를 타고 모습을 드러냈다.

사마의가 먼저 큰 소리로 외쳤다.

"촌놈 주제에 함부로 싸움을 걸어 위의 백성들을 괴롭히는 것이 대체 몇 번째인가."

"일찍이 문서나 갉아먹던 쥐새끼 같은 자가 오늘날 투구를 쓰고 나와 혀를 놀리다니 참으로 가소롭기 그지없구나. 나는 오로지 역적의 무리를 없애고 한나라를 되찾을 생각뿐이다."

"그렇다면 정정당당하게 겨뤄 보자꾸나. 만약 내가 패한다면 다시는 군의 지휘를 잡지 않을 것이다. 만약 네가 패한다면 너도 깨끗하게 촉으로 돌아가 두 번 다시 위의 경계를 넘보지 않겠다고 약속해라."

"좋다. 약속하겠다."

위의 대군은 북을 울리고 징을 쳐 사기를 북돋았다. 하지만 위의

대군은 촉의 대군을 당해 낼 수 없었다. 게다가 뒤쪽에서 강유와 관흥의 부대가 밀고 들어오다 보니 사마의는 군대를 수습해 물러날 수밖에 없었다. 그 뒤로 위의 군대는 위수의 진영에서 숨을 죽이고 오직 굳게 지키기만 했다.

제갈량은 승리를 거두었지만 자만하지 않고 천하 통일을 이루기 위해 끊임없이 대책을 세웠다. 그러던 어느 날, 예기치 못한 사소한 일 때문에 큰일을 그르치게 되었다. 군량의 운송을 맡은 구안이 군량을 운반하는 도중에 그만 술에 취해 열흘이나 늦게 기산에 도착한 것이었다.

'아, 어떻게 변명을 해야 할 것인가.'

이윽고 제갈량 앞에 나선 구안이 뻔뻔하게 말했다.

"도중에 위수를 사이에 두고 싸움이 벌어졌다는 소식을 들었습니다. 이에 중요한 군량을 빼앗기면 안 된다고 생각해 일부러 산속에 숨어 싸움이 끝나기를 기다리다……."

제갈량은 구안의 말을 끝까지 듣지도 않고 호통을 쳤다.

"군량은 싸움의 양식이며 그것을 운반하는 임무 역시 싸움이다. 그런데 싸움을 보고 싸움을 멈춘다는 것은 크나큰 잘못이다. 더욱이 네 말이 거짓이라는 것은 네 얼굴색을 보면 알 수 있다. 너는 절대 산속에 숨어 비를 피하다 온 것이 아니라 술에 빠져 지내다 온 것이 분명하다. 여봐라, 저자에게 곤장 팔십 대를 쳐라."

구안은 곤장을 맞은 뒤 제갈량에게 원한을 품었다. 그래서 위수를 건너가 위의 군대에 항복했다. 또한 사마의에게 제갈량에 대한 욕을 늘어놓았다. 하지만 사마의는 구안의 말을 쉽게 믿지 않았다.

"제갈량의 계략일지도 모르지 않나. 그대가 진심으로 위를 섬길 마음이 있다면 일을 하나 하고 오게."

"무슨 일이든 하겠습니다."

사마의가 한 가지 계책을 구안에게 내렸다.

구안은 곧바로 성도로 들어가 제갈량이 머지않아 한중에 나라를 세우고 직접 황제에 오를 것이라는 거짓 소문을 퍼뜨렸다. 그런 소문이 돌자 유선도 마음이 흔들렸다.

유선은 제갈량을 성도로 불러들였고 제갈량은 고민에 빠졌다.

'촉이 장안을 취할 날도 머지않았는데 이런 일이 생기다니. 이것이 정녕 하늘의 뜻이란 말인가. 황제의 명을 따르지 않으면 나는 불충한 신하가 될 수밖에 없을 것이다. 그렇다고 지금 이곳을 떠나면 다시 기산을 차지하는 것은 어려울 뿐 아니라 그사이에 위가 국방을 강화하면 장안과 낙양은 두 번 다시 넘보지 못할 것이다.'

제갈량은 고민 끝에 좋은 방법을 찾아냈고 황제의 명에 따라 대군을 물리기로 했다.

제갈량이 강유를 불러 계책을 내렸다.

"병사를 다섯 갈래로 나눠 각각 다른 길로 퇴각하게 하라. 이곳의 진영을 물릴 때, 군사 천 명을 머물게 하여 아궁이 이천 개를 파게 하라. 그리고 다음 날 퇴진하여 머무는 곳에는 다시 아궁이 사천 개를 파서 남겨 두어라. 사흘째에 간 주둔지에는 육천 개, 다섯 번째에서는 만 개, 그렇게 아궁이의 수를 약 두 배로 늘리면서 퇴각하도록 하라. 그래야 사마의가 의심을 버리고 깊이 쫓지 않을 것이다."

촉의 군대는 계책에 따라 다섯 길로 퇴각하기 시작했다. 사마의는 촉의 군대가 지날 때마다 아궁이의 수가 늘어난다는 보고를 받았다.

"제갈량은 퇴각할 때마다 병력을 강화하고 있구나. 전의에 불타는 적병을 두고 단순히 퇴군이라고 생각하여 추격하면 오히려 적의 반격을 받을 수도 있지."

제갈량의 예상대로 사마의는 촉의 복병이 두려워 추격하지 않았다. 그로 인해 제갈량은 병사를 한 명도 잃지 않고 무사히 대군을 물릴 수 있었다.

귀신의 군대가 나타나다

제갈량은 성도에 돌아오자마자 바로 유선을 만났다.

"대체 무슨 중요한 일이기에 급히 신을 부르신 것이옵니까?"

유선은 고개를 숙이고 있다가 입을 열었다.

"사실 승상을 뵙고 의심하던 마음이 풀어졌지만 후회해도 늦은 듯하오. 이는 오로지 짐의 잘못이오."

제갈량은 곧바로 거짓 소문을 퍼뜨린 사람을 잡아 오도록 명을 내렸다. 이윽고 병사들이 구안을 사로잡기 위해 그의 집으로 들이닥쳤지만 때는 이미 늦었다. 구안은 벌써 위로 도망치고 없었다.

제갈량은 성도의 신하들에게 경계를 엄중히 할 것을 명하고 한중으로 향했다. 그러고는 군대를 둘로 나눠 반은 한중에 남겨 두고 나머지 반을 이끌고 기신으로 나아갔다.

제갈량이 다시 원정에 나서자 위의 조예는 급히 사마의를 불러 군대의 지휘를 맡겼다.

"제갈량을 막을 자는 그대밖에 없소. 나라를 위해 최선을 다해 주시오."

"소신 최선을 다해 황제의 은혜에 보답하겠습니다."

사마의는 서둘러 장안으로 가서 군대를 정비했다.

기산에는 아지랑이가 자욱하게 피어올랐고 위수의 강물에도 온기가 느껴졌다. 두 나라의 군대는 봄기운이 완연한 하늘 아래서 한동안 숨을 죽인 채 대치를 했다.

어느 날 사마의가 장합을 불러 이야기를 나누었다.

"제갈량은 언제나 마찬가지로 병량* 문제에 골머리를 앓고 있을 것이오. 지금은 농서 지방의 보리가 여물기 시작한 때입니다. 그는 분명 은밀히 그곳의 보리를 수확하여 군량으로 삼으려 할 것이오."

"농서의 청보리는 그 양이 막대합니다. 그것을 취하면 촉군의 군량은 충분해질 것입니다."

"내가 직접 군대를 이끌고 농서로 가서 제갈량의 계획을 깨도록 하겠소. 그대는 위수를 잘 지키고 있으시오."

사마의는 위수의 진영을 장합에게 맡기고 농서로 갔다. 역시나 사마의의 예상은 어긋나지 않았다. 그 무렵 제갈량은 보리를 수확하기 위해 농서로 향했다. 하지만 농서에는 이미 사마의의 깃발이 나부꼈다.

"그토록 은밀히 기산을 빠져나왔는데 사마의가 벌써 눈치를 챘단 말인가. 그렇다면 사마의에게 충분한 계책이 있을 것이다. 섣불리

병량 군량과 비슷한 말로, 군대의 양식을 말한다.

공격할 수 없겠구나."

그날 밤 제갈량은 장군들을 불러 이야기를 나누고 평소에 타던 사륜거와 똑같은 사륜거들을 내오도록 했다. 그런 뒤 강유와 마대와 위연을 제갈량과 같은 모습으로 분장시킨 다음 각각 사륜거를 타게 했다. 남은 한 대에는 제갈량이 올라탔다. 그런 다음 무사 스물네 명을 배치해 사륜거를 끌게 했다. 사륜거를 끄는 무사들은 모두 맨발에 머리를 풀어 헤치고 검은 전포를 입었다. 여기에 똑같은 모습을 한 무사 네 명이 붉은 옷을 입고 사륜거의 선두에 서서 북두칠성기를 들고 있었다.

한밤에 제갈량과 무사들은 그렇게 기묘한 모습을 하고 보리밭으로 향했다. 그 뒤로는 병사 삼만 명이 뒤따르고 있었다. 그들은 손에 낫을 들고 있었다.

위의 진영에서 경계를 서고 있던 병사들이 그들을 보고 깜짝 놀라 나자빠졌다. 이윽고 그들은 사마의에게 달려가 소식을 전했다.

"뭐라, 귀신의 군대가 온다고?"

사마의가 비웃으며 직접 말을 타고 나왔다. 한밤의 음산한 바람이 몰아쳤다. 사마의가 눈을 가늘게 뜨고 보리밭 쪽을 쳐다보았다. 스산한 바람을 일으키며 다가오는 사륜거가 보였다.

"하하하. 저것은 제갈량이다."

사마의가 큰 소리로 웃더니 병사들에게 명을 내렸다.

"제갈량의 장난이니 너희는 두려워할 필요가 없다. 어서 가서 제갈량의 목덜미를 붙잡아 끌고 오너라."

위의 군대가 함성을 지르며 달려 나갔다. 하지만 아무리 쫓아가도 사륜거를 따라잡을 수 없었다. 사륜거가 바로 눈앞에 있었지만 아무리 말을 달려 쫓아가도 거리가 좁혀지지 않았다.

"제갈량의 사륜거가 저렇듯 느긋하게 가는데도 따라잡을 수가 없다니 무엇인가 이상하다."

위의 병사들이 어쩔 줄 몰라 하자 뒤를 쫓아온 사마의가 말했다.

"이는 제갈량이 잘 쓰는 둔갑술*의 하나다. 잘못하면 적의 함정에 빠질 위험이 있으니 더는 쫓지 말라. 자, 어서 본진으로 퇴각하라."

그때 갑자기 서쪽 산에서 북소리가 울리고 사륜거 하나가 또 모습을 드러냈다. 바로 앞에서 뒤쫓던 제갈량이었다.

"저자도 제갈량이란 말인가?"

사마의는 직접 선두에 서서 제갈량의 뒤를 쫓았다. 하지만 이전과 마찬가지로 도저히 따라잡을 수 없었다.

"참으로 기괴하구나."

지친 사마의가 되돌아오는데 다시 한쪽의 산기슭에서 사륜거가 모습을 드러냈다. 위의 병사들은 두려운 마음에 제대로 공격하지 못했다.

"퇴각하라. 물러나라."

사마의도 정신이 아득해져 그저 도망칠 수밖에 없었다. 그런데

둔갑술 마음대로 몸을 변화시키거나 감추는 술법.

어두운 벌판 한가운데에서 바람과 함께 깃발이 치솟고 사륜거의 바퀴 소리가 들려오기 시작했다. 사마의는 깜짝 놀라 눈을 부릅떴다. 사륜거 위에 있는 사람은 분명 제갈량이었다.

"도대체 제갈량이 몇 명이란 말인가."

사마의와 위의 병사들은 하룻밤 내내 악몽을 꾸는 듯 두려움에 떨었다. 그사이 촉의 병사들은 보리를 베어 촉의 진영으로 옮겼다.

제갈량이 두려워진 사마의는 다시 수비에만 힘을 썼다.

어느 날 이엄이 제갈량에게 편지를 보내 왔다. 편지에는 오가 낙양에 사자를 보내 위와 화친을 맺었다는 내용이 적혀 있었다.

제갈량이 장군들을 불러 물러나라는 명을 내렸다.

"사태가 심각하다. 여기서 이렇게 지체하고 있을 때가 아니다. 먼저 기산에서 신속하게 물러나야 할 것이다."

촉의 군대가 하나씩 물러나자 위수의 장합이 급히 사마의를 만나러 왔다.

"촉에 무슨 일이 일어난 것이 분명합니다. 지금이야말로 촉의 군대를 추격해야 할 때가 아니겠습니까?"

"상대는 제갈량이오. 함부로 뒤를 쫓을 수 없소이다."

"대도독은 어찌하여 세상의 웃음거리가 되는 것은 두려워하지 않고 오직 제갈량만을 호랑이와 같이 두려워하십니까."

장합의 말에 사마의의 마음이 움직였다. 하지만 사마의는 군대를 이끌고 신중에 신중을 기하며 나아갔다. 그런 사마의를 보며 장합이 말했다.

"이런 속도로 쫓아가다가는 적을 놓칠 것입니다."

"큰 화를 당하는 것보다는 나을 것이오. 그대처럼 공을 세우려고 서두르다가는 반드시 후회하게 될 것이오."

"몸을 바쳐 나라에 보답할 수 있다면 죽는다 하더라도 무슨 후회가 남겠습니까. 저는 오직 제갈량을 치겠습니다. 부디 앞서 나가도록 허락해 주십시오."

"그대가 그렇게까지 청한다면 병사 오천 명을 이끌고 떠나시오."

장합은 기뻐하며 병사들을 이끌고 제갈량을 쫓았다. 하지만 숲속에서 뛰어나온 위연과 관홍의 공격을 받고 그만 목숨을 잃고 말았다.

그 소식을 들은 사마의가 한숨을 내쉬었다.

"내가 끝까지 말려야 했는데……. 그의 죽음은 바로 내 잘못이다."

사마의는 급히 군대를 물리고 낙양으로 돌아갔다.

한편 제갈량은 한중으로 돌아온 뒤 바로 각 지방에 사람을 보내위와 오의 관계를 살피게 했다. 하지만 위와 오가 화친을 맺었다는말은 사실이 아니었다. 이엄은 자신이 맡은 군량을 제대로 준비하지못하자 두려운 마음에 제갈량에게 죄를 떠넘기려고 했던 것이다. 제갈량은 이엄의 관직을 빼앗았다. 그리고 이엄의 아들 이풍에게 이엄의 일을 잇게 했다.

이렇듯 촉의 문제는 늘 안에서 발생했다. 게다가 유선은 황제로서자질이 부족하고 남의 말에 쉽게 마음이 움직이기도 했다. 하지만 제갈량은 유비가 살아 있을 때보다 더 충성을 다해 유선을 섬겼다.

제갈량은 나라 안에서 일어나는 문제들을 바로잡기로 결심했다. 그는 한동안 전쟁을 하지 않고 군대를 키우고 군량을 비축했다. 또한 백성들을 돌보고 관리들을 바른길로 이끌었다.

그렇게 삼 년이 지났다. 제갈량은 다시 한 번 원정을 떠나기로 마음먹었다. 촉의 대군이 성도를 출발할 때 황제 유선은 성 밖까지 나와 제갈량을 배웅했다.

제갈량과 촉의 대군이 한중으로 들어갈 무렵 관흥이 병으로 죽었다는 소식이 전해졌다. 제갈량은 슬픔을 억누르며 마음을 다잡았다.

그즈음 사마의는 제갈량이 다시 기산 출정에 나섰다는 소식을 듣고 기뻐했다. 요사이 천문을 살펴보니 북쪽 하늘에는 별의 기운이 왕성한 데 반해 촉의 하늘은 어두웠던 것이다.

사마의는 지난날 한중에서 죽은 하후연의 네 아들을 데리고 나아갔다. 하후연의 네 아들 가운데 첫째인 하후패는 궁술과 마술이 뛰어나고 둘째인 하후혜는 병법에 능했다.

운명의 땅 위수를 앞에 두고 촉의 군대와 위의 군대가 마주했다.

제갈량은 뗏목 백여 개에 마른 장작을 가득 실은 뒤 위의 진영을 습격했다. 위의 병사들이 움직이면 뗏목에 불을 질러 위의 진영을 불태울 계획이었디. 하지만 이를 눈치챈 사마의는 몰래 숨어 있다 촉의 뗏목을 모조리 막고 화살을 쏘아 댔다. 그렇게 촉의 화공은 실패로 끝나고 촉의 군대는 비참하게 패하고 말았다.

제갈량은 자신의 계책이 실패로 끝나자 큰 충격을 받았다. 그러던 어느 날 위의 장수 정문이 제갈량을 찾아왔다. 정문은 제갈량에게 절을 하고 칼을 내밀며 말했다.

"저는 위의 장군입니다. 사마의는 저보다 못한 진랑의 말만 믿고 저를 죽이려고 합니다. 개죽음을 당할 바에는 촉에 항복해 제 억울함을 풀고 싶습니다."

그때 밖에서 위의 장수가 정문을 내보내라며 고함을 쳤다.

"분명 진랑이 사마의의 명을 받고 저를 쫓아온 듯합니다."

정문은 불안한 듯 안절부절못했다.

"지금 당장 나가 진랑의 목을 가져오라. 그러면 그대의 항복을 받아들이겠노라."

제갈량의 말에 정문이 곧장 밖으로 달려 나갔다. 이윽고 정문이 진랑의 목을 베어 가져왔다. 그것을 본 제갈량이 부하들에게 큰 소리로 외쳤다.

"저자의 목을 쳐라."

"아, 아니 어찌 제 목을 치라 하십니까?"

정문이 놀라 묻자 제갈량이 웃으며 대답했다.

"네가 목을 친 자는 진랑이 아니다. 내 예전부터 진랑을 잘 알고 있다. 네가 어찌 나를 속이려 하느냐. 이는 사마의의 계략임이 틀림없다."

정문은 두려움에 떨며 사실을 털어놓았다. 제갈량은 그의 이야기를 다 들은 다음 붓과 종이를 내밀었다.

"목숨이 아깝거든 내가 불러 주는 대로 사마의에게 글을 쓰도록 하라."

얼마 뒤 사마의는 정문이 보낸 편지를 읽고 기뻐했다.

어리석은 제갈량은 제가 항복한 것을 굳게 믿고 있습니다. 내일 밤 기산에서 불이 일어나는 것을 신호로 도독께서 직접 대군을 이끌고 공격하시면 제가 안에서 제갈량을 사로잡겠습니다.

다음 날 밤, 사마의가 위수를 건너려 하자 사마의의 아들 사마사가 말했다.

"편지 한 통을 믿고 어찌 경솔하게 적의 진영으로 가려 하십니까?"

사마의는 사마사의 말을 받아들여 후방에 남고 다른 장수를 선봉으로 세웠다. 위의 군대는 말에 재갈을 물리고 숨을 죽인 채 촉의 진영으로 깊숙이 들어갔다. 하지만 웬일인지 촉의 진영은 텅 비어 있었다.

그때 갑자기 북과 나팔 소리가 울리고 함성이 일어났다. 이내 위의 선봉군은 모조리 죽임을 당하고 말았다. 그러나 사마의는 후방에 있었기 때문에 촉의 포위망에서 도망칠 수 있었다. 결국 사마의는 자신의 계책에 스스로 걸려든 꼴이 되었다.

그 뒤 사마의는 다시 수비에만 집중했다.

한편 제갈량은 '목우유마'라고 이름 붙인 운송 장비를 만들었다.

지난 남만 원정 때 동물 모양으로 만든 전차를 군량 운송용으로 개조한 것이다. 소와 말을 이용하면 그 소와 말의 식량과 우리가 필요했다. 그리고 사람의 손길이 필요했으며 병에 걸리거나 죽을 수도 있다. 하지만 이 목우유마는 많은 짐을 쌓을 수 있고 먹이도 필요 없고 죽을 걱정도 없었다.

그러한 사실을 알게 된 사마의가 부하들을 불러 명을 내렸다.

"서둘러 제갈량이 만들었다는 목우유마를 몇 대 훔쳐 오거라."

며칠 뒤 부하들이 목우유마를 훔쳐 오자 사마의는 장인을 불러 목우유마를 만들게 했다.

드디어 크기와 성능까지 완전히 똑같은 목우유마가 완성되었다. 사마의는 수많은 장인을 불러 밤낮으로 작업을 시켜 목우유마 수천 대를 만들었다.

그 소식을 전해 들은 제갈량이 크게 기뻐하며 말했다.

"사마의가 하는 짓이란 내 예상을 벗어나지 않는구나."

제갈량은 촉의 장군들에게 계책을 내렸다.

그날 밤, 위의 군량을 운송하는 군대가 서둘러 위의 진영으로 가고 있었다. 그때 촉의 왕평이 병사들과 숨어 있다 나타났다.

"위의 목우유마는 우리가 가져가겠다."

왕평의 군대가 달려들자 위의 병사들이 뿔뿔이 도망쳤다. 왕평은 목우유마 천여 대를 끌고 위의 진영으로 향했다. 그런 다음 위의 진영에 가까이 오자 병사들에게 목우유마의 나사를 풀게 한 뒤 예정대로 퇴각을 명했다.

뒤늦게 소식을 듣고 곽회가 쫓아와 목우유마를 되찾았지만 어찌된 일인지 목우유마가 잘 움직이지 않았다. 곽회가 그렇게 시간을 보내고 있을 때 갑자기 한쪽 산기슭에서 북과 나팔 소리가 들리더니 괴이한 모습을 한 병사들이 날아오듯 달려들었다. 그 모습에 위의 병사들은 두려워하며 도망치기 바빴다. 촉의 병사들이 귀신처럼 분장해 나타났던 것이다. 촉의 병사들은 군량이 가득 실린 목우유마의 나사를 조인 뒤 기산으로 돌아왔다.

사마의는 또다시 제갈량의 계략에 걸려 큰 피해를 입었다. 사마의는 다시 수비에 치중하며 굳게 지키기만 했다.

북두에 올리는 기원

그 무렵 위의 수도인 낙양은 심각한 상황에 놓였다. 바로 오의 대군이 쳐들어왔기 때문이다. 소호 주변은 온통 오의 깃발로 뒤덮였다. 하지만 오의 대군은 방심한 나머지 늦은 밤에 위의 군대가 습격해 오자 허둥지둥 도망치기에 바빴다.

위의 병사들은 오의 병선에 불을 놓았다. 순식간에 오의 병선 수백 척이 화염에 휩싸였다. 화공은 적벽대전 때부터 오가 자랑하는 전법이었다. 그런데 어이없게도 오가 화공으로 패하고 만 것이다. 오군의 대장은 제갈근이었다. 제갈근은 남은 병력을 추슬러 후퇴할 수밖에 없었다.

오는 촉과 맺은 동맹 때문에 위와 싸운 것이지 처음부터 적극적으로 싸울 마음이 없었다. 결국 오는 한 차례 싸움을 통해 여전히 위가 강하다는 것을 확인하고 서둘러 물러난 것이었다. 하지만 촉의 처지는 달랐다. 촉이 국경만 지키고 있으면 위와 오가 서로 협력하여 촉을 집어삼킬 수도 있었다.

"움직이지 않는 적을 치는 것은 참으로 어려운 일이다."

위의 군대가 오로지 수비에만 집중하다 보니 제갈량은 물러설 수도 공격할 수도 없었다. 그렇다고 두 손을 놓고 있을 수는 없었다. 제갈량은 병사들에게 백성들의 농사를 돕게 했다. 그러다 보니 백성들과 촉의 병사들은 화목하게 지낼 수 있었다. 더불어 자연스럽게 군량 걱정을 하지 않아도 되었다.

어느 날 사마사가 기산의 상황을 살핀 뒤 사마의를 찾았다.

"아버지, 지금 제갈량이 백성들을 자기편으로 만들고 있습니다. 이러다가는 위수의 건너편 마을들이 촉의 땅이 되어 버릴 것입니다. 어째서 아버지는 대군을 거느리면서도 싸우려 하지 않으시는지요?"

"내 지략은 도저히 제갈량에게 미치지 못하느니라."

"지혜로운 자는 지혜를 이용하고 지혜가 없는 자는 힘을 이용한다 하지 않았습니까. 위는 촉보다 세 배나 많은 병력을 가지고 있습니다."

"그러면 뭐 하겠느냐. 제갈량이 허점을 보이질 않는 것을."

사마의는 사마사의 말에도 흔들리지 않았다.

한편 제갈량은 마대에게 설계도를 건네며 골짜기 안에 울타리를 만들어 유황과 염초를 숨겨 두라고 지시했다. 그러고는 다른 장군들에게도 은밀히 계책을 내린 뒤 군대를 이끌고 호로곡으로 향했다.

위의 장군들은 촉의 군대가 움직인다는 사실을 알고 사마의에게 알렸다.

"촉의 군대가 지쳤는지 병력을 분산시키고 있습니다."

"그것은 적의 계략임이 틀림없다."

"도독은 어찌하여 그렇게 제갈량을 두려워하십니까?"

"두려워해야 할 자를 두려워하는 것이 어찌 부끄러운 일이겠는가."

"하지만 하늘이 내린 기회입니다. 이때 아무런 행동도 하지 않는다면 다들 도독을 의심할 것입니다."

장군들의 말에 마침내 사마의는 기산을 공격하라고 명했다.

"나는 후군으로 호로곡을 급습하여 촉의 진영을 초토화시킬 것이다. 또한 골짜기 안에 모아 놓은 적의 군량을 불태워 버릴 것이다."

사마의가 두 주먹을 불끈 쥐며 말했다.

제갈량은 이러한 위의 소식을 듣고 크게 기뻐했다.

"드디어 사마의가 움직이기 시작했구나."

위수의 강물이 가로막힐 정도로 위의 군대가 한꺼번에 여울로 뛰어들었다.

"그동안 골머리를 썩이던 촉의 군대를 반드시 뿌리 뽑을 것이다."

결의에 찬 사마의의 모습은 이제까지와는 다른 사람 같았다. 위군의 사기도 하늘을 찌를 듯했다. 사마의는 위의 군대를 기산으로 향하게 했다. 자신은 두 아들과 함께 기습 부대를 이끌고 호로곡으로 향했다. 그런데 그때 남쪽 방면에서 북소리와 함성이 들려왔다.

"사마의, 어디를 가느냐?"

위연이 불현듯 군대를 이끌고 와 소리쳤다.

사마의의 두 아들이 달려들자 위연은 기다렸다는 듯 달아났다.

"놓치지 말고 쫓아라!"

사마의의 군대가 뒤쫓아 오자 위연은 병사들을 수습해 다시 싸웠다. 하지만 얼마 뒤 투구와 갑옷까지 내던지고 골짜기 안으로 도망쳐 들어갔다. 사마의의 군대는 위연을 쫓아 골짜기 안으로 들어섰다.

"잠깐 멈춰라. 이곳의 지형이 수상하다."

골짜기 입구에서 사마의가 말을 멈추었다.

"골짜기 안쪽을 살펴보고 오거라."

병사들이 골짜기 안으로 들어가 상황을 살피고 돌아왔다.

"길이 매우 좁고 험하고 곳곳에 울타리가 보이지만 지키는 병사는 모두 물러간 듯합니다."

병사들의 말에 사마의가 말의 안장을 두드리며 명을 내렸다.

"적의 군량을 불태울 때는 지금이다."

사마의의 명을 받들어 사마의의 아들과 병사들이 골짜기 안으로 돌진했다. 그런데 얼마 지나지 않아 사마의가 다시 명을 내렸다.

"잠깐 멈춰라. 원래 창고 부근에는 불에 타기 쉬운 것을 놓지 않는 법이다. 마른 장작이 산처럼 쌓여 있구나."

앞서 골짜기 안을 살피러 다녀온 병사들은 이를 수상하게 여기지 못했지만 사마의는 그것을 놓치지 않았다.

"지금 우리가 지나온 좁은 길이야말로 위험하다. 골짜기 안에 불을 놓는 사이 만약 적이 입구를 막는다면 나가려고 해도 나갈 수 없어서 갇히고 말 것이다. 어서 밖으로 빠져나가야겠다."

사마의가 큰 소리로 외쳤지만 벌써 골짜기 여기저기에서 연기가 피어올랐다. 잠시 뒤 굉음이 울려 퍼지더니 절벽 위에서 거대한 바위들이 굴러 떨어져 골짜기 입구를 막아 버렸다. 이윽고 사방에서 날아온 불화살이 골짜기 안을 불바다로 만들었다.

결국 위군의 절반이 불에 타 죽었다. 사마의와 두 아들은 구덩이 안에 겨우 몸을 숨기고 있었다. 그래도 그들의 운이 끝나지 않았는지 갑자기 소나기가 내리더니 불이 꺼지기 시작했다.

"사마사, 사마소야, 이것이 꿈이란 말이냐."

"꿈이 아닙니다. 하늘이 도운 덕에 살았습니다."

사마의와 두 아들은 구덩이 안에서 힘껏 기어올라 서둘러 진영으로 돌아갔다. 엎친 데 덮친 격으로 기산으로 갔던 위의 군대 역시 패하고 돌아왔다.

제갈량은 크게 승리하고도 하늘을 우러르며 눈물을 흘렸다.

"사마의 부자를 죽이려고 꾸민 계책이 소나기 때문에 실패하고 말았구나. 아, 일을 꾸미는 것은 사람이지만 일을 이루는 것은 하늘의 뜻이로다."

촉의 군대는 승리의 기쁨으로 떠들썩했지만 제갈량의 마음속에는 아쉬움이 가득했다.

위수의 얼음이 녹고 봄이 찾아왔다. 양쪽 군사들은 서로 마주보며 움직이지 않았다. 사마의는 병사들이 불만을 늘어놓아도 아랑곳하지 않았다.

하루는 곽회가 와서 사마의에게 말했다.

"제갈량이 진영을 다른 곳으로 옮길 듯합니다."

"나도 그리 생각하네. 만약 제갈량이 기산에서 동쪽의 무공으로 나아간다면 큰일이네. 그러나 서쪽의 오장원으로 나아간다면 걱정할 것이 없네."

얼마 뒤 제갈량은 군대를 무공이 아니라 오장원으로 이동시켰다. 오장원은 위수의 남쪽으로 장안은 물론이고 위의 수도인 낙양과 가까운 곳이었다.

"이곳에 묻히든지 위를 뚫고 들어가든지 할 것이다. 내 결코 허무하게 한중으로 돌아가지 않을 것이다."

오장원으로 나아간 제갈량은 굳게 결의를 다졌다.

촉의 군대는 쉬지 않고 싸움을 걸었다. 하지만 위의 군대는 꼼짝도 하지 않았다. 제갈량이 위의 진영으로 깊숙이 들어가지 않고 위의 공격을 유도했다. 그 까닭은 바로 군량이 넉넉하지 않았기 때문이다. 위의 군대보다 군량과 장비가 부족한 촉은 멀리까지 나가 싸울 수 없는 형편이었다. 하지만 사마의는 제갈량의 전략을 꿰뚫어보고 있었다.

어느 날 제갈량은 사자에게 소가죽으로 만든 함과 편지를 건넸다.

"위의 진영에 가서 이것을 사마의에게 전하고 오라."

사자는 곧바로 가마를 타고 위의 진영으로 갔다. 가마를 탄 경우에는 공격하지 않는 것이 전쟁의 관례였다. 이윽고 사자가 사마의를 만났다. 사마의가 함을 열어 보자 함 속에는 어린아이의 머릿수건과 여성의 저고리가 들어 있었다.

"아니, 이건!"

사마의는 화를 꾹 참고 편지를 펼쳐 보았다.

그대는 대군을 이끌고 있으면서 어찌 아녀자처럼 집안에서만 활개를 치는 것이오? 그대가 사내대장부라면 나약한 모습을 보이지 말고 어서 나와 떳떳하게 겨루도록 하시오.

"하하하, 재미있구나."

사마의는 마음속 분노를 억누르고 웃어 보였다. 촉의 사자가 그의 얼굴을 쳐다보았다.

"기왕에 보내 온 선물이니 잘 받겠노라. 그나저나 승상은 요새 어떠신가?"

"승상께서는 아침 일찍부터 한밤중까지 일을 놓지 않으십니다."

"식사는 잘하시는가?"

"식사는 조금밖에 드시지 않습니다."

"흐음, 그런데도 건강을 잘 지키시는군."

사마의가 감탄하며 고개를 끄덕였다. 하지만 사자가 돌아간 뒤 사마의는 부하들에게 말했다.

"일이 많은 데도 식사를 조금밖에 하지 않는다면 제갈량의 건강이 많이 약해졌다는 뜻이다. 제갈량은 떠날 날이 머지않았다."

한편 제갈량은 위의 진영에서 돌아온 사자에게 사마의의 반응을 물었다.

"사마의가 화를 내었는가?"

"아닙니다. 웃으면서 오히려 승상께서 어떻게 지내시는지 식사는 잘하시는지 물었습니다."

사자의 말에 제갈량은 한숨을 내쉬었다.

"사마의가 나에 대해 너무도 잘 아는구나. 그는 내 수명까지 헤아리고 있다."

그때 주부 양교가 용기를 내어 말했다.

"한 집안을 다스리는 데에도 법도가 있습니다. 가령 하인은 밖에서 밭을 갈고 하녀는 안에서 부엌일을 맡습니다. 개는 도둑을 지키고 소는 짐을 지고 말은 멀리 가는 데 씁니다. 또 주인은 그들을 관리하고 가업을 돌보며 자녀를 가르칩니다. 부인은 이를 내조하고 집 청소를 하고 혹시라도 집안에 화근이 닥치지 않게 돌봅니다. 그리하여야 비로소 집안이 원활하게 돌아갈 것입니다. 만약 그 집의 주인이 하인과 하녀가 되어 홀로 모든 것을 도맡아 한다면 어떻게 되겠습니까. 그의 몸은 지치고 기력은 쇠하여 이윽고 집안이 망하는 화근이 될 것입니다. 그러니 주인은 마음을 넓게 하고 몸을 잘 보살피며 안팎을 잘 둘러보고 감독하면 됩니다. 이는 절대로 주인이 하인이나 개보다 못하기 때문이 아니라, 주인의 직분을 알고 집안의 법도를 따르기 때문입니다."

제갈량은 눈을 감고 양교의 이야기를 들었다.

"그러한데 승상의 하루를 살펴보면 다른 사람에게 명하여 맡겨 두어도 좋은 사소한 일까지 몸소 처리하시느라 쉴 틈이 없습니다. 그러면 아무리 건강한 사람이라 해도 마침내 지치고 맙니다. 승상, 부디 건강을 돌보셔야 합니다."

"나도 그것을 모르지 않소. 하지만 돌아가신 유비 황제의 깊은 은혜를 떠올리고 성도에 계신 황제를 생각하면 잠자리에 들어도 잠을 잘 수가 없소이다. 더욱이 사람에게는 정해진 목숨이 있지 않소. 내 살아생전에 큰일을 이루려다 보니 마음이 조급해지기만 하는구려. 하지만 그대들에게 걱정을 끼칠 수는 없소. 앞으로는 나도 때때로 여유를 가지고 몸을 돌보는 데 힘쓰도록 하겠소."

하지만 제갈량의 건강은 이미 좋지 않은 상태였다.

어느 날 저녁 제갈량은 성도에서 온 사자에게 소식을 전해 들었다.

"오의 손권이 삼십만 군대를 이끌고 세 방향에서 북상하여 위를 위협했습니다. 그러자 조예가 합비로 나가 오군의 선봉을 격파했습니다. 이에 오는 큰 피해를 입었습니다. 후군을 이끌던 육손이 적의 후방으로 크게 우회했지만 이 계책도 사전에 들통 나는 바람에 오는 아무런 공도 없이 퇴군을 했다 합니다. 참으로 어이없게 되고 말았습니다."

"……"

"아니 승상, 괜찮으십니까? 피가……."

제갈량은 소매로 얼굴을 가리고 평상 위에 쓰러졌다.

"승상, 왜 그러십니까? 괜찮으십니까?"

부하들이 제갈량을 안아 일으켜 방으로 옮겼다. 그러고는 의원을 불렀다.

얼마 뒤 정신을 차린 제갈량이 부하들의 얼굴을 둘러보더니 입을 열었다.

"내가 정신을 잃었던 모양이오. 마음이 이렇듯 어지러운 걸 보니 묵은 병이 도진 듯하오. 아무래도 내 수명이 얼마 남지 않은 것 같소."

제갈량이 힘없이 말하자 강유가 울며 말했다.

"승상, 예부터 이런 때에는 별과 하늘에 제를 올리는 기양법이 있지 않습니까."

"오, 그렇구나. 기양법을 알고 있으면서도 나를 위해 쓸 생각은 하지 못했다."

"제가 제를 올릴 준비를 하겠습니다."

"먼저 갑옷을 입은 무사 마흔아홉 명을 뽑아 모두 검은 옷과 깃발을 들게 하여 장막 밖에서 호위하도록 하게."

"예, 알겠습니다."

"장막 안은 청결히 하고 단의 공물은 내가 직접 준비할 것이네. 그런 뒤 가을 하늘의 북두에 제를 올릴 것인데, 만약 주등이 일주일 동안 꺼지지 않으면 내 수명은 늘어나겠지만 기원을 올리는 동안 주등이 꺼지면 내 목숨은 끝날 것이네. 그러니 장막 안으로 아무도 다가오지 못하게 해야 할 것이네."

강유는 명을 받들어 제사를 준비했다. 제갈량은 몸을 씻고 제를

올리기 위해 장막 안으로 들어갔다. 장막 안 제단에는 등불 일곱 개가 빛을 발하고 있었다. 그 주위에는 작은 등불 마흔아홉 개가 걸려 있었다. 가운데는 제갈량의 목숨을 뜻하는 주등이 켜져 있었다.

소슬한 가을바람이 장막을 흔들자 제단의 등불도 하늘하늘 흔들렸다. 강유는 무사 마흔아홉 명과 함께 장막 밖에서 제갈량의 기원이 끝날 때를 기다렸다.

천하 통일을 이루다

　위의 병사들은 초원에 드러누워 시원한 가을밤을 즐기고 있었다. 그런데 불현듯 병사 한 명이 소리쳤다.

　"유성*이다."

　"유성 세 개 가운데 하나가 촉의 진영으로 떨어졌다."

　병사들의 말을 들은 사마의가 급히 하후패를 불렀다.

　"천문*을 살펴보니 제갈량의 목숨이 위태로운 듯하다. 어쩌면 오늘 밤 그가 죽을지도 모르겠다. 그대는 곧바로 군대를 이끌고 오장원으로 가라. 만약 촉의 군대가 나온다면 제갈량의 병이 가벼운 것이니 다시 돌아오도록 하라."

　하후패는 군대를 이끌고 들판을 가로질러 오장원으로 향했다.

　그날 밤은 제갈량이 기도를 올린 지 엿새째가 되는 날이었다. 주

유성 우주를 떠다니다가 지구의 중력에 끌려 들어와 땅으로 떨어지면서 빛을 내는 작은 물체.
천문 하늘의 다양한 현상.

등은 여전히 빨갛게 타오르고 있었다. 주등이 하루만 더 타오른다면 제갈량에게도 희망이 있었다.

밤이 깊어 갈 무렵, 갑자기 촉의 진영 밖에서 함성이 들려왔다. 얼마 뒤 위연이 장막을 지키던 강유를 밀치고 장막 안으로 들어갔다.

"승상, 위의 군대가 왔습니다. 드디어 우리 바람대로 사마의가 싸움을 걸어온 것입니다."

위연은 제갈량 앞으로 다가가 무릎을 꿇으려다 그만 제구와 제물을 쓰러뜨리고 말았다. 그 바람에 주등이 꺼져 버렸다. 그때 움직이지 않고 기도를 올리던 제갈량이 비명을 지르며 칼을 떨어뜨렸다.

"내 목숨이 여기까지구나! 오늘 밤 사마의는 내 병의 상태를 살피려고 군대를 보낸 것이다. 위연, 어서 나가 적을 쫓아 버리도록 하라."

위연은 어쩔 줄 몰라 하다 밖으로 뛰쳐나갔다. 곧이어 위연이 병사들을 이끌고 나아가자 하후패는 말을 돌려 도망쳤다.

날이 밝은 뒤 제갈량이 병상에서 강유를 불렀다.

"내가 오늘까지 배우고 익힌 것을 책 스물네 권에 담아 놓았다. 그 속에 내 모든 것이 담겨 있다. 촉의 앞날을 그대에게 맡기겠노라."

강유는 책을 받고는 이내 엎드려 통곡했다.

그날 저녁 제갈량의 병세는 더욱 나빠졌다. 제갈량은 장군들을 하나씩 불러 유언을 남겼다. 그러고는 마지막으로 붓과 종이를 꺼내 황제 유선에게 편지를 썼다. 그런 다음 부하들에게 말했다.

"내가 죽더라도 절대로 밖에 알리지 마시오. 분명 사마의는 내가 죽었다는 것을 알면 온 힘을 다해 공격해 올 것이오. 내 이런 날

을 대비하여 미리 내 모습을 한 목상을 만들어 두었소. 이 목상을 사륜거에 태워 병사들이 내가 살아 있다고 생각하게 하시오. 그러한 뒤에 위군의 선봉을 쫓아 버리고 퇴각하면 큰 어려움 없이 촉으로 돌아갈 수 있을 것이오."

부하들은 눈물을 흘리며 제갈량의 명에 어긋남이 없도록 할 것을 다짐했다.

제갈량이 창밖으로 보이는 별 하나를 손가락으로 가리켰다.

"보라, 저 밝게 빛나는 별이 바로 나를 뜻하는구나. 사라지기 전에는 가장 밝게 빛나고 있으나 이윽고 떨어질······."

말이 끝나는가 싶더니 제갈량이 눈을 감았다. 제갈량의 나이 쉰네 살이었다.

강유는 제갈량의 명에 따라 그의 죽음을 감추고 은밀하게 퇴군 준비를 해 나갔다.

그 무렵 천문을 보던 사마의가 기뻐하며 소리쳤다.

"제갈량이 죽었다!"

사마의는 흥분을 감추지 못하고 두 아들과 부하들에게 말했다.

"북두칠성이 빛을 잃은 것을 보니 분명 오늘 저녁에 제갈량이 죽은 것이다. 바로 지금 촉의 군대를 공격하라."

위의 진영에서는 북소리가 울리고 나팔 소리가 일었다. 오랫동안 닫혀 있던 위군의 문이 활짝 열리더니 순식간에 대군이 앞다퉈 달려 나와 오장원으로 향했다.

"아버지, 그리 급하게 앞서서 가시면 위험합니다."

사마의가 지나치게 흥분하자 두 아들이 바짝 붙어서며 말했다.

"괜찮다. 나는 아직 늙지 않았다."

"늘 신중하라고 말씀하시던 아버지가 이번에는 어찌 그리 서두르십니까?"

"이미 혼이 빠져나가고 몸이 썩어 가는 제갈량이 어찌 다시 내 앞에 나타나겠느냐. 제갈량이 없는 촉의 군대는 허수아비나 다름없다."

하후패도 걱정하며 말렸다.

"도독, 너무 앞서 가지 마십시오. 선봉이 먼저 나갈 때까지 잠시 기다리십시오."

"병법을 모르는 자가 말이 많구나."

사마의는 뒤를 돌아보며 하후패를 꾸짖고는 채찍을 휘둘러 달려 나갔다.

오장원에 도착한 위의 군대는 촉의 진영으로 한꺼번에 쳐들어갔다. 하지만 촉의 병사는 한 명도 보이지 않았다. 마음이 조급해진 사마의가 두 아들에게 말했다.

"적은 그리 멀리 가지 못했을 것이다. 내가 직접 가서 적의 퇴로를 끊을 것이니 뒤따라오너라."

사마의는 곧바로 촉의 군대를 쫓았다. 그런데 얼마 뒤, 갑자기 산속에서 우렁찬 북소리가 울려 퍼졌다. 사마의가 말을 멈추고 살펴보니 제갈량이 사륜거를 타고 날려오고 있었다.

"아니, 저것은!"

사마의의 얼굴이 하얗게 변했다. 죽은 줄로만 알았던 제갈량이 하얀 부채를 들고 사륜거 위에 앉아 있었던 것이다.

"아, 제갈량이 아직 죽지 않았구나. 내가 생각이 짧아 또다시 그의 계략에 빠졌다. 어서 퇴각하라."

사마의는 기겁을 하고 재빨리 말을 돌려 도망치기 시작했다.

"사마의, 어디로 도망치느냐?"

강유가 창을 휘두르며 사륜거 옆에서 쏜살같이 쫓아왔다. 위의 도독인 사마의가 말을 돌려 달아났다. 위의 장병들도 제갈량이 살아 있다고 외치며 말 머리를 돌렸다. 결국 위의 대군은 갈피를 못 잡고 우왕좌왕하다 대혼란에 빠졌다. 그 틈을 타 촉의 군대가 위의 군대를 공격했다. 강유는 적진 깊숙이 뛰어들어 사마의를 쫓았다.

"사마의, 어디까지 도망칠 생각이냐? 기왕에 나왔으니 나와 겨루어 보자."

사마의는 뒤도 돌아보지 않고 오직 말에 채찍을 가할 뿐이었다. 하지만 가도 가도 누군가 뒤에서 쫓아와 자신의 목덜미를 가로챌 것만 같은 기분이 들었다. 그때 뒤따라온 하후패와 하후휘 형제가 사마의에게 말했다.

"도독, 저희가 왔습니다. 이제 마음을 놓으십시오."

사마의는 그제야 크게 숨을 내쉬었다. 그의 얼굴은 땀으로 흠뻑 젖었고 눈이 어두워져 얼마 동안 아무것도 보이지 않을 정도였다.

"촉의 군대가 급작스레 물러간 듯하니 다시 아군을 수습하여 추격하는 것이 어떻겠습니까?"

하후패가 말했지만 제갈량이 살아 있는 것을 본 사마의는 좀처럼 결심을 하지 못했다. 사마의는 결국 총퇴각을 명한 뒤 위수로 돌아갔다.

며칠 뒤 백성들 사이에서 소문이 돌았다. 그날 저녁 촉의 군대가 오장원에서 서쪽 골짜기로 몰려들었다. 그러더니 하얀 조기와 검은 깃발을 늘여 세우고 수레 한 대를 둘러싼 채 밤새도록 통곡했다는 것이다. 또 사륜거 안에 있는 것은 제갈량이 아니라 목상이었다는 소문이었다.

그제야 사마의는 제갈량이 확실히 죽었다는 것을 깨달았다. 그는 한동안 눈을 감은 채 지난날의 제갈량을 떠올리며 중얼거렸다.

"제갈량의 재주를 당할 수가 없구나. 틀림없이 이 땅에서 다시는 그와 같은 인물을 볼 수 없을 것이로다."

때를 기다렸다는 듯 촉의 위연이 반역을 했다. 위로서는 큰 힘이 되었다.

한편 촉의 군대는 험한 산길을 넘어 무사히 성도에 도착했다. 구름이 낮게 깔린 촉의 궁궐 아래 유선과 신하들이 상복을 입고 제갈량의 관을 맞이했다. 제갈량은 한중의 정군산에 묻혔다. 제갈량의 뜻에 따라 묘를 작게 만들고 관 속에는 옷 한 벌만 넣었다.

강유는 제갈량의 유언을 받들어 기울어 가는 나라를 위해 온몸을 바쳤다. 제갈량이 이루지 못한 위의 정벌을 시도하려고 몇 차례 공격에 나섰지만 패하는 날이 더 많았다. 강유는 젊은 시절부터 제갈량을 섬겼지만 제갈량에 미치지 못했던 것이다.

촉의 황제 유선은 밤낮으로 술에 빠지기 시작했다. 어려운 때를 참고 견디지 못했던 유선을 쾌락으로 끌어들인 것은 바로 황호를 비롯한 간신의 무리였다.

"아, 나라가 위태롭구나."

"촉이 망할 날도 멀지 않았다."

촉의 백성들과 신하들이 나라를 걱정하며 한탄했다. 하지만 유선의 총애를 받는 황호에게 맞설 사람은 없었다. 오직 강유만이 몇 번이나 유선에게 간신들을 멀리하라고 말할 뿐이었다. 하지만 유선의 마음은 이미 황호에게 빼앗긴 상태였다. 술과 여인에 빠져 강유와 같은 충신의 말은 그저 입에 쓰기만 했다.

위는 마침내 촉을 공격해 들어갔다. 위의 대군이 한중으로 쳐들어오자, 강유는 몸을 던져 그들을 막았다. 하지만 위의 대군이 이미 성도까지 밀려온 상태였다. 성도 백성들은 물밀듯 밀려드는 위의 대군을 보자 한동안 꿈인지 생시인지 구분할 수가 없었다. 당시 성도 성곽의 수비는 전혀 이루어지지 않고 있었다. 성도는 그렇게 위의 군대에 짓밟히고 말았다.

촉의 황제 유선에게는 아무런 대책이 없었다. 황후와 함께 통곡하고 내관들과 함께 허둥지둥 어쩔 줄 몰라 할 뿐이었다. 어느새 위의 군대가 성 아래까지 밀려와 소리쳤다.

"이제 촉은 망했다. 어서 성문을 열고 위의 깃발 아래 무릎을 꿇어라."

"어떻게 하면 좋겠는가. 짐은 그대들의 의견에 따를 것이다."

유선은 오직 그 말밖에는 할 수가 없었다. 밤새워 신하들과 회의를 했지만 결정을 내리지 못했다. 모두들 창백한 얼굴로 침묵에 휩싸여 있었다. 긴 정적을 깨고 누군가 입을 열었다.

"오에 부탁을 합시다. 폐하를 모시고 오로 가서 앞날을 기약하면 다시 성도로 돌아올 날이 있을 것이오."

"오는 믿기 어렵소. 오히려 오는 촉의 멸망을 기뻐할 것이오. 그들이 촉을 위해 위와 싸우는 일은 없을 것이오. 그 사실은 돌아가신 승상도 잘 알고 계셨소이다."

그때 초주가 침울한 표정으로 자신의 생각을 밝혔다.

"모든 일에는 시작과 끝이 있습니다. 오늘의 이 사태는 제갈 승상께서 돌아가신 뒤로 촉의 운명이 다한 것이니 이제 방법이 없습니다. 그러니 오로 도망가는 것도 소용없습니다. 남은 건 오직 유비 황제의 공덕을 더럽히지 않고 세상의 웃음거리가 되지 않도록 바라는 일뿐입니다."

"그럼 그대는 성문을 열고 위에 항복해야 한다는 말인가?"

유선이 힘없이 묻자 초주가 조심스럽게 답했다.

"감히 입에 담기 어려운 말이지만 하늘의 명을 따르신다면 그 길밖에 없습니다."

촉의 신하들은 모두 눈물을 흘렸다. 아무도 초주의 의견이 틀렸다고 생각하지 않았기 때문이다.

촉의 신하들은 항복의 뜻을 담아 위의 군대에 전했다. 성 밖에서는 위군의 만세 소리가 끊임없이 들려왔다. 촉의 궁궐에 항복기가 내걸리고 황제 유선은 신하들과 함께 성 밖으로 나와 위의 우두머리에게 무릎을 꿇었다.

그 뒤 유선은 위의 낙양으로 옮겨 간 뒤 안락공에 봉해져 평범한 나날을 보냈다. 위를 섬기게 된 촉의 신하들도 새로운 벼슬을 받았다.

그러던 어느 날, 유선의 마음을 헤아린 위 나라 사람이 유선의 집을 찾아갔다.

"위로 온 뒤 불편한 점은 없으신지요? 때때로 지난날을 떠올리고 슬픔에 잠기는 일은 없으신지요?"

유선은 아무런 감정도 없이 대답했다.

"아니오. 위의 음식이 훨씬 맛있고, 기후도 좋소. 그러니 딱히 촉을 그리워할 일은 없소이다."

이제 위를 공격할 사람은 아무도 없었다. 그러다 보니 위의 평화로움이 자연스레 사치와 향락*으로 기울어 갔다. 대위 황제는 누각, 숲, 연못, 별장을 짓기 위해 많은 인력과 국비를 아끼지 않고 쏟아부었다. 그와는 반대로 백성의 삶과 생활은 점점 어려워지고 그들의 원망은 날로 깊어졌다.

"옛 황제 조조께서도 이 정도까지 백성을 고생시키고 사치를 즐기지는 않으셨습니다."

신하들의 말에 황제는 귀를 기울이지 않았다. 바른 말을 하는 충

향락 쾌락을 누림.

신의 목을 치기도 했다. 아첨하는 신하도 점점 많아졌다.

"해의 정기와 달빛의 기운을 입으면 늘 젊고 장수할 수 있습니다. 매일 밤 북두칠성의 영이 서린 이슬이 내려 고입니다. 그 차가운 이슬에 옥을 갈아 아침마다 타서 마시면 폐하의 수명은 백 살이 늘어날 것이며 피부도 젊어질 것입니다."

위의 간신들은 온갖 달콤한 말로 황제를 속였다. 그렇게 대위 황제는 간신들에게 휘둘려 점점 힘을 잃어 갔다.

한편 사마의가 죽은 뒤 아들 사마소가 뒤를 이었다. 사마소의 세력은 황제를 위협할 만큼 강해졌다. 그 이후 사마소의 아들인 사마염이 뒤를 이었다. 드디어 사마염은 황제의 자리에 올라 위를 무너뜨리고 새로운 나라인 진나라를 세웠다.

오의 손권 역시 세상을 떠나고 손호가 뒤를 잇게 되었다. 하지만 손호는 백성을 괴롭히고 나라를 어려움에 빠뜨렸다. 참지 못한 백성들은 곳곳에서 폭동을 일으켰다. 오는 하루아침에 힘없이 무너져 버렸다. 그 틈을 타 진나라의 황제 사마염이 대군을 이끌고 북에서 남으로 나아갔다.

마침내 위, 촉, 오 삼국 시대는 끝이 나고 진나라의 사마염은 천하 통일을 이루었다.

 ⟨끝⟩

차재두량 車載斗量

수레 차　실을 재　말 두　헤아릴 량

수레에 싣고 그 양을 헤아린다.

유비가 오나라를 공격하자 오나라는 위나라에 도움을 요청하는 사신을 보냅니다. 위나라 왕 조비는 오나라 사신에게 그대와 같은 인재가 오나라에 얼마나 많냐고 묻습니다. 사신은 "저와 같은 사람은 오나라에서 수레에 싣고 양을 재야 할 정도로 흔합니다."라고 답합니다. 여기에서 유래된 고사성어로 인재나 물건이 많고 흔하다는 뜻입니다.

겸청즉명 兼廳則明

겸할 겸　들을 청　곧 즉　밝을 명

여러 사람의 의견을 들으면 밝게 볼 수 있다.

유비가 관우와 장비의 복수를 하려고 오나라를 공격했을 때, 제갈량이 함께 있지 않아 유비는 자기 마음대로 군사 배치를 합니다. 신하 마량이 유비가 어떻게 군사를 배치했는지 제갈량에게 알리고 그에게 의견을 물어보자고 하자 유비가 거절합니다. 이때 마량은 "옛말에 여러 사람의 의견을 들으면 밝게 볼 수 있다고 합니다."라고 하며 유비를 설득합니다. 여러 사람의 의견을 들으면 옳고 그름을 정확하게 알 수 있다는 말입니다.

언과기실 言過其實

말씀 언　지나칠 과　그 기　열매 실

말이 사실보다 과장되고 실행이 부족하다.

유비가 죽음을 앞두었을 때의 일입니다. 유비는 제갈량이 신하인 마속을 아끼는 것을 걱정하였습니다. 제갈량이 마속의 재능보다 마속을 더 높이 평가하는 것 같아 보였기 때문입니다. 유비는 제갈량에게 "마속은 겉으로는 재주가 뛰어나 보일지 몰라도 실제보다 말이 앞서니 그를 크게 쓰지 마시오."라고 충고합니다. 말만 거창하고 그렇게 행동하지 못하는 경우를 비유할 때 사용하는 고사성어입니다.

공심위상 | 攻 心 爲 上
칠 공　마음 심　할 위　위 상

상대편의 마음을 공략하는 것이 가장 좋은 방법이다.

제갈량이 촉나라를 침범하는 남만을 공격하러 갈 때의 일입니다. 마속은 제갈량에게 "지금 그들을 물리친다 해도 그들은 얼마 지나지 않아 우리를 배신하고 다시 촉나라를 공격할 것입니다. 병법서에도 군사를 사용할 때 성을 공격하는 것이 가장 안 좋은 방법이고, 사람의 마음을 공격하는 것이 가장 좋은 방법이라고 나와 있습니다."라고 말합니다. 다투는 사람과 싸워 이기기보다 마음을 얻는 것이 중요하다는 뜻입니다.

칠종칠금 | 七 縱 七 擒
일곱 칠　놓을 종　일곱 칠　사로잡을 금

일곱 번 잡았다가 일곱 번 풀어 주다.

제갈량이 남만을 공격할 때의 일입니다. 제갈량은 남만의 왕 맹획을 자기 사람으로 만들려고 합니다. 남쪽 지방을 촉나라의 땅으로 만들려는 것이지요. 제갈량은 맹획을 사로잡았다가 놓아 주기를 일곱 번이나 했어요. 맹획은 제갈량에게 진심으로 복종하고 다시는 반란을 일으키지 않겠다고 다짐합니다. 인내심을 가지고 상대방이 굽히기를 기다린다는 뜻도 있고, 상대를 마음대로 한다는 뜻으로 쓰이기도 합니다.

출사표 | 出 師 表
날 출　스승 사　겉 표

군대를 싸움터로 내보낼 때 그 뜻을 적어서 임금에게 올리던 글.

제갈량이 위나라를 공격하기에 앞서 촉나라 임금 유선에게 자신의 뜻을 담은 출사표(出師表)를 적어 바칩니다. 제갈량의 출사표는 유비에 대한 충성심과 촉나라를 위하는 마음이 절절하게 담긴 명문장으로 유명합니다.

사이후기 　死 而 後 已
죽을 **사**　어조사 **이**　나중 **후**　이미 **기**

죽은 뒤에야 일을 그만둔다.

제갈량이 '소신은 위나라를 무찌르는 데 몸을 돌보지 않을 것이며 죽은 다음에야 일을 그만둘 마음으로 전쟁터에 나갑니다.'라고 출사표에 쓴 데서 유래된 고사성어입니다. 있는 힘을 다하여 그 일에 끝까지 힘쓰는 것을 이르는 말입니다.

방압득봉　放 鴨 得 鳳
놓을 **방**　오리 **압**　얻을 **득**　봉새 **봉**

오리를 놓아주고 봉황을 얻는다.

제갈량이 위나라 장수 하후무를 사로잡고 진격하지만 강유라는 뛰어난 장수에게 막혀 더는 앞으로 나가지 못합니다. 강유를 자기 사람으로 삼고 싶었던 제갈량은 하후무를 풀어 주고 강유가 촉나라에 항복한다는 거짓말을 흘립니다. 강유는 위나라 사람들에게 쫓기다 결국 제갈량에게 항복하고 맙니다. 제갈량은 "하후무를 놓아준 것이 오리 한 마리를 놓아준 것과 같다면, 강유를 얻은 것은 봉황 한 마리를 얻은 것과 같다."라고 하며 기뻐합니다. 보잘 것 없는 미끼로 소중한 것을 얻는다는 뜻입니다.

읍참마속　泣 斬 馬 謖
소리 없이 울 **읍**　벨 **참**　말 **마**　일어날 **속**

울면서 마속을 벤다.

제갈량은 마속을 무척 아꼈지만 마속이 사마의와 벌인 가정 전투에서 자신의 말을 듣지 않고 멋대로 군대를 움직인 것에 관해 책임을 물어야만 했습니다. 결국 제갈량은 눈물을 머금고 마속의 목을 벱니다. 큰 목적을 위하여 자기가 아끼는 사람을 버리는 것을 이르는 말입니다.

난공불락   難 攻 不 落
어려울 난   칠 공   아니 불   떨어질 락

공격하기가 어려워 쉽사리 함락되지 않는다.

제갈량이 위나라 장수 학소가 지키는 진창성을 공격할 때의 일입니다. 학소는 제갈량의 공격을 모두 막아 냅니다. 결국 진창성을 점령하지 못하고 후퇴하던 제갈량이 "저곳이야 말로 진정 공격하기 어려워 빼앗기 어렵구나."라고 말합니다. 공격하기가 어려워 쉽사리 함락되지 아니함을 뜻합니다.

괄목상대   刮 目 相 對
비빌 괄   눈 목   서로 상   대할 대

눈을 비비고 상대편을 본다.

여몽은 손권에게 공부하라는 이야기를 들은 뒤부터 열심히 책을 읽고 학문을 익혔습니다. 어느 날 여몽과 이야기를 나누던 노숙은 여몽이 이전과 달리 지식이 넓어진 것을 알고 놀랐습니다. 그런 노숙을 보고 여몽은 "선비는 헤어진 뒤 사흘 만에 다시 만났을 때는 눈을 비비고 다시 봐야 할 정도로 달라져 있어야 하오."라고 말했습니다. 여기서 유래된 말로 눈을 비비고 다시 봐야 할 만큼 남의 학식이나 재주가 놀랄 만큼 부쩍 늚을 이릅니다.

탄금주적   彈 琴 走 賊
탄알 탄   거문고 금   달릴 주   도둑 적

거문고를 울려 적을 쫓아내다.

제갈량이 가정 전투에서 패배한 뒤 사마의와 맞서게 되었을 때의 일입니다. 제갈량은 자신에게 있는 얼마 안 되는 군사로는 사마의와 싸워서 이길 수 없음을 알고 있었습니다. 제갈량은 성문을 활짝 열고 성 위에 홀로 앉아 거문고를 뜯었습니다. 사마의는 많은 군사와 함께 성에 도착하지만, 제갈량이 무슨 계략을 꾸몄을지 몰라 두려워하며 공격하지 못하고 후퇴합니다. 제갈량이 거문고를 울리며 사마의를 쫓아낸 데에서 유래한 고사성어입니다.

처음 읽는 삼국지

⑤ 천하 통일 : 마침내 하나가 된 천하

초판 3쇄 발행   2020년 5월 30일

원 작   나관중
엮 음   홍종의
그 림   김상진
펴 낸 이   한승수
펴 낸 곳   문예춘추사

편 집   정내현
디 자 인   김연수
마 케 팅   신기탁

등록번호   제2012-000344호
등록일자   2009년 6월 24일

주 소   서울시 마포구 동교로27길 53 지남빌딩 309호
전 화   02 338 0084
팩 스   02 338 0087
E-mail   moonchusa@naver.com

I S B N   978-89-94757-48-3 (64820)
              978-89-94757-43-8 (세트)

어린이제품안전특별법에 의한 제품 표시

제조자명 하늘을나는교실(문예춘추사) | **제조년월** 2018년 1월 | **제조국** 대한민국 | **사용 연령** 6세 이상 어린이
제품 주소 및 연락처 서울시 마포구 동교로27길 53 지남빌딩 309호 (02) 338-0084

공손연

조예

위

유선

족

손권

오

3세기 초 삼국 정립 시기의 세력도

북벌은 결코 간단한 일이 아니었다. 싸움에서 이 겨도 군량이 떨어지기도 하고, 도읍에서 이변이 일어나기도 하고, 일진일퇴의 공방전이 펼쳐져 성과는 거의 없었다. 그사이에 손권이 제위에 올라 스스로 황제라 칭하여 중국 대륙에 드디어 세 개의 나라가 탄생하게 된다.

제갈량은 북벌을 거듭하나 오히려 부하에게조차 신뢰를 얻지 못하는 상태에 빠지고 일곱 번째 북

벌 때 병을 얻어 오장원에서 목숨을 잃는다. 이를 기회로 삼아 제갈량 밑에 있던 위연이 모반을 일으키나 제갈량의 밀명을 받은 마대에게 살해 당한다. 제갈량이 죽었다는 소식이 위에 전해지자 황제 조예는 크게 기뻐했으며, 모든 재산을 탕진하고 만년에는 폭군이 되어 버린다.

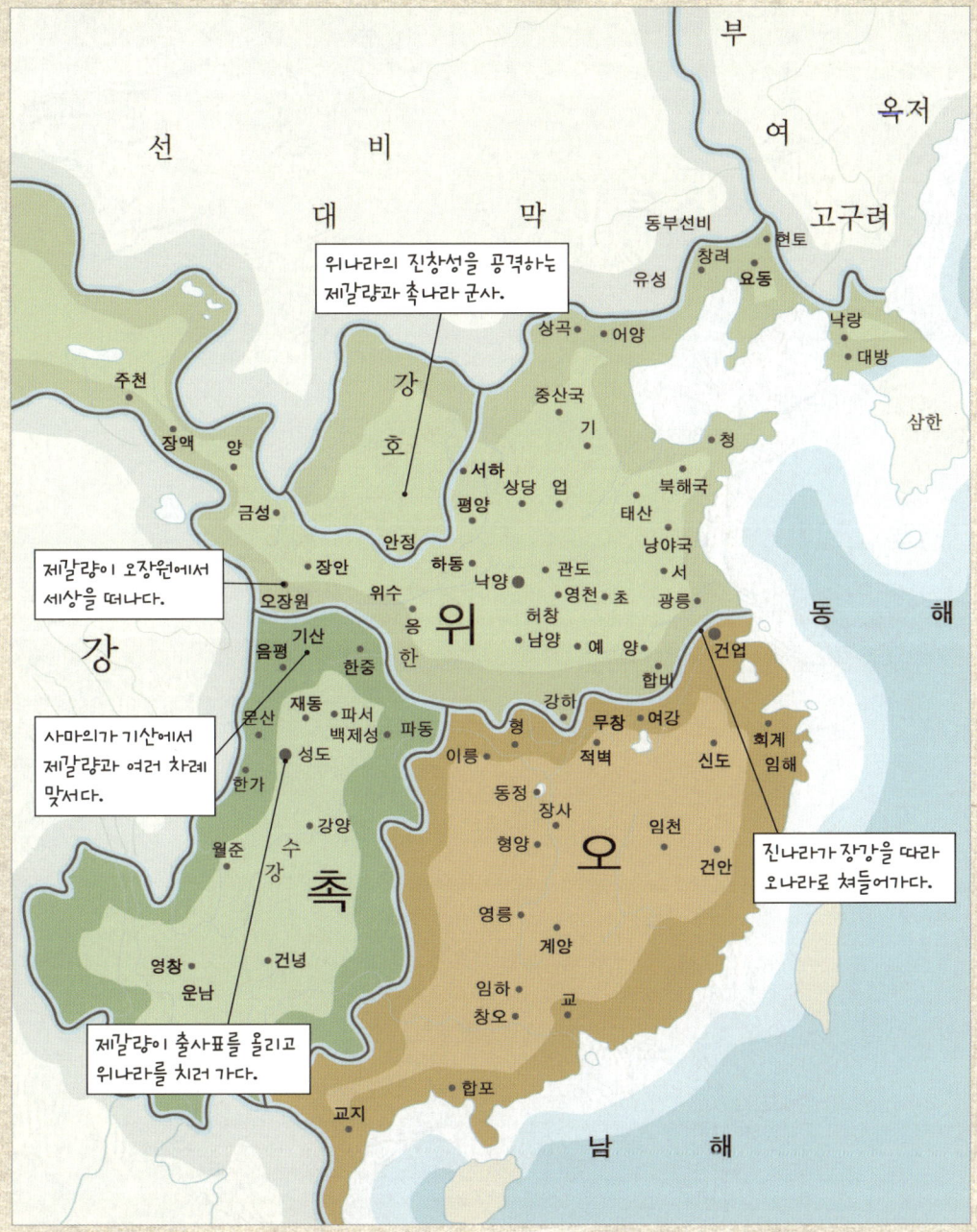

위나라의 진창성을 공격하는
제갈량과 촉나라 군사.

제갈량이 오장원에서
세상을 떠나다.

사마의가 기산에서
제갈량과 여러 차례
맞서다.

진나라가 장강을 따라
오나라로 쳐들어가다.

제갈량이 출사표를 올리고
위나라를 치러 가다.

부

여

옥저

고구려

선 비

대 막

동부선비

창려

현토

유성

요동

낙랑

상곡

어양

대방

강

호

중산국

기

청

삼한

서하

상당

업

북해국

평양

태산

낭야국

안정

장안

하동

낙양

관도

서

광릉

위수

오장원

음평

기산

한중

용

위

영천

초

강

한

허창

남양

예

양

합비

윤산

재동

파서

백제성

파동

강하

형

무창

여강

회계

임해

성도

한가

이릉

적벽

신도

동해

강양

동정

장사

임천

월준

수

강

형양

오

건안

촉

영릉

계양

영창

운남

건녕

임하

창오

교

교지

합포

남 해